新 潮 文 庫

# 顔のない裸体たち

平野啓一郎著

新 潮 社 版

8501

# 顔のない裸体たち

美しい秘密にみち、暗い秘密などを心にもたぬ人間について
ぼくは何もいうことはできぬ。内に暗い秘密をもたぬ人間は
語るべき何ものもないからだ。

――モーリヤック

# 0　「大阪城にて」

某氏の提供による多数の資料中に、「〈ミッキー＆ミッチー〉：９月某日：大阪城にて」というラベルの貼《は》られたＤＶＤが一枚ある。当時、これと同じタイトルで、撮影の日付及び場所の異なるＤＶＤが他に二本、インターネットを通じて通信販売されている。それらに関しては、筆者は静止画像を通じて断片的に知り得たに過ぎないが、内容に大きな違いはない。

雰囲気程度に、その入手し得たＤＶＤのサワリを紹介すると、こんな感じである。

撮影場所は、ラベルの通り大阪城である。

冒頭、断片的に周辺の風景が収録されているが、それを見る限り、場所は恐らく、本丸天守閣の丁度真裏で、山里丸《やまざとまる》を見下ろす鉄砲方《てっぽうかた》預櫓跡《あずかりやぐらあと》から蔵方《くらかた》預櫓跡にかけての一帯である。

撮影者は男性で、彼はただ、その体の一部が画面に映るのみで、顔は明らかにされていない。被写体は女性であるが、こちらは顔をモザイクで覆《おお》われている。声にエフェクトは掛けられていないが、二度ほど互いの名を呼び合う箇所が、「ピーッ」という信号音に差し替えられている。

全般に亘《わた》って、手ぶれが酷《ひど》く、また殆《ほとん》ど編集されていないので、時折、ノイズのような場面も差し挟まれる。

日付は「9月某日」とされているが、恰好《かっこう》から察するに月末であろう。時刻は夕方の六時前後。人の少なさからして、平日の可能性もある。

空は澄んでいて、うっすらと柑子色《こうじいろ》が挿しているが、陽が落ちるまでにはまだ時間がありそうである。流石《さすが》に遮蔽物《しゃへいぶつ》もなく、中央区の高層ビル群が一望され、背景の青に映えて美しい。伊丹《いたみ》空港に発着するジェット機の音が、雲一つないその空間に奥行きを与えている。頭上では鴉《からす》が、足許《あしもと》では雀《すずめ》が鳴いている。更に、姫門跡辺りにいるのではないかと思われるが、大道芸人の恐ろしく音の外れたバグパイプの演奏が聞こえてくる。その他、遠くのビル工事の音、大阪城公園の案内のアナウンスなどが、周辺の音として収められている。

石垣に沿って木製の手摺《てすり》が設けられており、それと平行して、色の褪《あ》せた青いべンチが外向きに並べられている。そこは、一段高い土手である。

カメラは、その土手を左手にし、右手に焦茶色《こげちゃいろ》のフェンスを連ねた小道を、女が歩いてゆく様を追っている。女の服装は、ベイビー・ブルーのカーディガンに薄いグレイのベア・トップ、色落ちしたデニムのミニスカートに黒のミュールである。手には白いトート・バッグを持っている。

女は、時折、後ろを振り向きながら歩いている。そして、「もっと先？」だとか、「人がいないね。」などと、カメラの男に語り掛けている。表情は分からない。それに対し、男はただ、「おォ、」と鼻母音的な返事をするのみである。周囲に人影は一切ない。

左手に山里丸へと下る階段が見えると、男は、

「おっ、そこエエんちゃう？」と声を掛けた。

五段ほどまっすぐに階段を降り、左手の更に下へと降る階段にカメラを向けると、石垣を整然と刳《く》り抜いて作った道が、高架下のように薄暗い。段は精々三十段程度で、出口の踊り場からは淡く光が差し、手摺の向こうには樹々《きぎ》の緑が見えている。

「でも、……下から急に人が来そう。」

女は、振り返りながら不安そうに言った。

「大丈夫やて。足音で分かるやろ。ちょっとそこ立ってみ。」

促されて、女は階段を数段下りる。

「おォ、その辺その辺。ちょっと暗いなァ。……まァ、エエわ。そこでオッパイ出せ。」

女は、カーディガンを着たまま、両手でベア・トップを下ろした。肉づきの好《い》い、大きな乳房が、突然のことに驚いたように顔を覗《のぞ》かせた。

二人はそれから、階段出入口の側壁の外側に物陰を見つけて、カメラを回しながら、性行為を始める。

彼ら二人が、つまりは、〈ミッキー&ミッチー〉である。

# 1　〈吉田希美子〉と〈ミッキー〉

〈ミッキー〉というのは、〈吉田希美子〉がウェブ上で用いていた愛称である。所謂《いわゆる》H《ハンドル・》N《ネーム》である。尤《もっと》も、〈吉田希美子〉という名前は、筆者が勝手につけた仮名に過ぎないので、実際には別の本名と、それとそう遠くない別のHNとがあるのである。

〈吉田希美子〉が〈ミッキー〉であるということは、半年ほど前のかなりセンセイショナルな――そしてやはり、こう付け加えるべきであろうが、かなり滑稽《こっけい》な――事件が報道されるまで、一人を除いては誰も知らなかった。一人というのは、彼女と一種の関係を持ち、事件の犯人となった〈片原盈《みつる》〉という男である。彼もまたHNを持っていた。〈ミッチー〉というのがそれである。これらもまた、筆者がここで便宜的に付けた仮名である。

最初の章で、既にこの事件のことを思い出した人もあったであろうし、読み進めていくうちに、ああ、あれか、と気がつく人もあるであろうが、似たような事件が多いだけに、そのうちのどれかと混同されているか、或《ある》いはもう、すっかり忘れられてしまっているかもしれない。

〈ミッキー〉を知る者は、〈吉田希美子〉を知らず、〈吉田希美子〉を知る者は、〈ミッキー〉を知らなかった。中にはひょっとすると、どちらも知っている者があったかもしれないが、その場合でも、両者は一致していなかった。

実際に、〈ミッキー〉を知る者と、〈吉田希美子〉を知る者とは、どちらの数が多かったであろうか？　これは少なくとも、事件前までは明らかであった。取り立てて目立ったところのない、地方都市の中学校の一社会科教師が、これまでの三十年余りの人生の中で関わることの出来た人の数とは、一体、どの程度であろう？　他方で〈ミッキー〉は、パートナーの〈ミッチー〉とともにこの僅《わず》か半年ほどの間、複数のサイトで最も頻繁な「常連」として知られていたが、その最大のものでは、一回の投稿につき、実に２０００人前後もの人間がこれを閲覧していた。〈ミッキー＆ミッチー〉の投稿回数は、それらすべてを合計すると優に五十回にも及ぶ。勿論《もちろん》この人数は、サイトのカウンターが、閲覧者の延べ人数を計測した数値に過ぎないので、例えば20000人×五十回というような計算に何処《どこ》まで意味があるかは疑問ではある。が、いずれにせよ、桁違《けたちが》いである。

誰でも気がつくことであろうが、実社会での存在とサイバー・スペイスに於《お》ける存在とに、これほどの乖離《かいり》がある時、取り分けそれが女性であるならば、そこに性的な要因が関与しているということは、大いにあり得ることである。

現に〈ミッキー&ミッチー〉が「常連」として訪れていたサイトは、いずれも未成年の閲覧が禁止されたものである。そこでは、個々の愛好家たちが、自分や自分の性的なパートナーの裸体及び性行為を撮影し、「掲示板」に投稿するという仕組みが採られているが、当然のことながら、名前や住所、勤務先といった彼らの実社会に於ける存在を特定する情報は完全に秘匿《ひとく》され、欠落している。その意味で、当然に顔も隠されている。従って、〈ミッキー〉を知る者たちは、皆、彼女の裸体のみを知っていて、その顔を知らなかった。顔は何時《いつ》もモザイクの向こうにあり、つまりはそこが実社会であった。

現実の社会と接するのが、面《おもて》であり、外側であるならば、モザイクのこちら側は裏であり、内側である。そうした発想で、ネットの世界は、常に簡単に内面化してしまう。

他方で、〈吉田希美子〉を知る者たちは、当然にその顔のみを知っていて、彼女の裸体を知らなかった。服に隠されているからである。そこで肉体とは、何時しか何か、内面的なもののようになってしまっている。

両者が同一人物であると暴露された時、ネットの掲示板では、こんな類《たぐい》の悪戯《いたずら》が見られた。〈ミッキー〉の画像は勿論のこと、〈吉田希美子〉の画像もまた、恐らくはその生徒らによってネット上に公開されていた。両者を並べてみると、一方の女は、ただ首から下だけが露《あら》わになっていて、首から上が隠されている。今一方の女は、逆に首から上が露わになっていて、下が隠されている。従って、両者の首から上を切り取り、交換してやれば、もっと単純なモンタージュが二つ――ネット用語に準ずるならば「コラ（コラージュ）」と言うべきであろうが――出来上がるというわけである。その一方は、頭の先から足の先まで、完全に露わな女である。そして他方は、顔も体もすっかり覆《おお》い尽くされたのっぺらぼうの女である。前者はともかく、後者は何か不思議な印象を与えた。先ほどの話で言うと、顔が裏返されているような恰好《かっこう》である。彼女が誰であるかは、それで完全に分からなくなったが、ただ、どんなに曖昧《あいまい》な記憶の中の人でも、性別だけは間違わないように、それが女であるということだけは、依然として明白だった。

〈ミッキー〉と〈吉田希美子〉とが、こうした関係であった以上、〈ミッキー〉についてては、その肉体の描写以外に特段記すべきことがない。他方で、〈吉田希美子〉には、当然に、〈ミッキー〉に於いて脱落したあらゆる情報が備わっている。

〈吉田希美子〉の出生地は、埼玉県のW市である。父親は信金の職員であり、母親は小学校の給食調理師で、どちらも健在である。一見、意外なようだが、収入は常に母親の方が多かった。夫婦仲は悪くなく、〈吉田希美子〉との関係もまた悪くなかった。二歳年上の兄が一人いたが、中学に上がる頃から、仲違《なかたが》いというほどのこともなく、あまり口を利《き》かなくなった。彼は今、東京で消防署に勤務している。既婚で、子供が二人いる。母方の祖父母は他界しているが、父方の二人は今も同市の郊外で農業を営んでいる。

高校までを地元の公立学校で過ごし、その後四年間、自宅から片道一時間半を掛けて都内の私立大学に通った。母親の勧めで在学中に教職課程を選択し、滋賀県M市の教員採用試験に合格して、卒業と同時に同市の中学校に配属された。担当教科は、前記の如《ごと》く社会科である。以後、途中一度の異動と二度の引っ越しとを挟みながら、彼女はこの街で、もう九年間も独り暮らしをしていた。

教師になると決めた時、両親からは随分と喜ばれたのに、親しい二三の友人たちは、一様に、何でまた？という反応だった。まず、教師になどなりたいというのが分からない。そしてまた、〈吉田希美子〉が、教師になりたいというのが分からないというのである。

実際、その理由は何だったのだろうか？

取り立てて珍しいというわけでもないが、〈吉田希美子〉には、内省という習慣が殆《ほとん》どなかった。何か一つのことを持続的に考えるということがなかったし、そのために必要な抽象的な能力が、固《もと》よりあまり備わっていなかった。自分の身に起こる出来事を、上手く整理し、他と関連づけるということが出来なかったから、似たようなことが二度起こっても、気づかず同じ失敗をすることがあった。出来事に隣部屋へと通じる扉があることを知らなかったので、それを誰かに開けてみせられると、ひどく驚かされた。それで気がつけば、あまり読んだ記憶もないのに、彼女の部屋の書棚では、占いの本と、通俗的な心理学の本とが幅を利かせるようになっていた。そんな風だったので、彼女は自覚のないままに、結局何時も、何となく不安だった。

教師になった理由を尋ねられた時、一度彼女は、正直に、教育実習が楽しかったからと答えて、居合わせた者たちに笑われたことがあった。大学時代の彼女は、よくそんな風に人から笑われ、仕方がないから自分も一緒に少し笑った。それで友人たちからは、何時も「天然キャラ」だと言われていたが、彼女自身は、それがどういう意味なのかが、よく分からなかった。

今でも彼女の自宅の部屋には、教育実習の最後の日に貰《もら》った二枚の色紙がある。一枚は、生徒たちからの寄せ書きであり、「がんばって、いい先生になってください。」だとか、「先生の授業は、とても分かりやすかったです。」といった言葉が、記述者の名前とともに放射状に並んでいる。もう一枚は、教師たちからの寄せ書きで、同様に、「今後のご活躍をお祈りしております。」といった言葉が、名前とともに縦書きで連ねられている。それらを彼女は、教師になるに際して、自分の励みにするつもりで持ってきていた。

ほんの数ヶ月前、彼女はふと、その色紙を眺め返して、そこに名前を記した生徒たちが、既に大半は社会人になっているであろうことに気がつき、驚いた。時の流れもさることながら、もう何処の街角で、彼らと普通の大人として再会してもおかしくないのだという考えが、彼女をぼんやりとした物思いに耽《ふけ》らせた。その時には、お互いに顔が分かるだろうか？　そう思って、一人一人の名前を眺めていったが、意外にも、思い出せる顔は、ほんの二三程度しかなかった。

# 2　恋らしきもの

どんな小説でも言えることだが、本作に於いても、主人公の人生について扱い得る部分は、その全体に比して決して十分とは言えない。従って、その何処《どこ》の部分を取り上げるかは、まったく作者の恣意《しい》である。

事件の八ヶ月前に、〈片原盈〉と出会うまで、〈吉田希美子〉が関係を持った男は、わずかに二人だった。

〈ミッキー〉の存在が、人の想像にどう作用するのか、恋愛経験が豊富だからこそ、あんなことまでしてしまうのか、逆に寧《むし》ろ乏しいから、あんなことをしでかしてしまうのか、そのどちらに考えが傾くかは分からないが、少なくとも〈吉田希美子〉が、恋愛に関して早熟だったということはなかった。

一体、恋愛を躊躇《ちゅうちょ》させるものとは劣等感と決まっているが、そうしたことに煩《わずら》わされることなく、無邪気に人を好きになれる時期に、彼女は誰かを好きであったという覚えがなかった。〈吉田希美子〉には、そもそも、小学校に上がるまでの記憶が一切なかった。他のみんなが、当たり前のように幼稚園時代の思い出を語り、人によっては二歳や三歳の頃のことまで語り出したりするのが、彼女には何時《いつ》もふしぎだった。格別に何か、抑圧されるべき体験があったわけでもない。彼女の記憶は、単に目覚めが遅かっただけだが、それを少し気にしているうちに、両親から聞かされた幾つかの場面が、何時の間にか映像になって、今ではそれを、半ば自分の記憶のように取り違えていた。

大人になって、友人と初恋の話をするようになった時、彼女は色々と考えた挙げ句、それは多分、小学四年生の時だったのだろうと結論づけた。

その時好きだったのは、クラスで一番人気のあるサッカー部の男子生徒だった。細身で、身長は丁度真ん中くらいで、他の格好もしていただろうが、思い返すと、白いサッカー・パンツのゆったりとした裾《すそ》から、褐色の産毛《うぶげ》一本ない足が伸び、何時も敏捷《びんしょう》そうに動いていたところばかりが脳裡《のうり》にちらついた。よく宿題を忘れたせいで、太股《ふともも》には、しょっちゅう教師の赤い手形がついていた。自分が教師になってみて、つくづく驚かされるが、当時はまだ、何かにつけて教師が生徒を叩《たた》いていたのだった。髪の色は、染めたように薄く、毛足の長いスポーツ刈りで、汗を掻《か》くと、前髪の毛先が濡《ぬ》れて、額を打ってはしなやかに弾《はじ》き返された。吊《つ》り目がちだったが、きれいな二重瞼《ふたえまぶた》で、瞳《ひとみ》は大きく、鼻から口許《くちもと》にかけては、何処か子犬めいた愛嬌《あいきょう》があった。冬でも日に焼けていて、右のほっぺたに茶色いほくろがあった。二つ下の学年に、一目で分かるほどよく似た妹がいた。それで、彼に気のある何人かの女子生徒は、せめて甲斐甲斐《かいがい》しくその妹の面倒を看《み》てやっていた。

　何時だったか、彼と同様に人気のあった別の男子生徒の発案で、クラスの人気投票が行われたことがあった。〈吉田希美子〉は、その時初めて用紙に彼の名前を書いた。開票すると、男女を問わず、彼の名前を書いた用紙が圧倒的に多かった。

　彼女は確かに、彼が好きだった。しかし同じように、人気のアイドル・グループが好きで、バレー・ボール選手が好きだったから、彼が好きだというのも、それとあまり変わらなかった。彼はその時、女子の一位に選出された生徒と、お似合いだと何時もからかわれていた。〈吉田希美子〉も、それをまったく当然のように考え、女子の投票欄には彼女の名前を書いた。そこに、〈吉田希美子〉と書いた者は、男子にも女子にも一人もいなかったが、そういう生徒は外にもいたので、彼女が特別というわけではなかった。寧ろクラスで一番不器量だと思われていた女子には、意地の悪いイタズラの二票が投ぜられていた。

〈吉田希美子〉の、そうした卑屈とさえ感ぜられないほどの自然な諦念《ていねん》は、高校を卒業するまで、ずっと変わらなかった。恋愛というのは、何時も教室の真ん中で人目を引く数人の生徒たちにのみ配役された劇のように感じていたので、自分がそれと無関係であることも別段怪しまなかった。大した苦もなく、彼女は自分の味気ない器量を自覚していた。そして、折々憧《あこが》れる男子生徒たちが、そうした自分を歯牙《しが》にも掛けぬことを当然のように思っていた。

事件後、〈吉田希美子〉の嘗《かつ》ての同級生たちは、一様に彼女を「大人しい生徒だった」と語り、それほどの記憶さえなかった者は、却《かえ》って「普通の生徒だった」と言ったりしたが、そうした印象は、小学生の頃から一貫して変わらなかった。

勿論《もちろん》、それならそれで、もっと地味で、同じように教室の中心から外れていて、丹念に美点を探せばないわけでもないという生徒と、恋に落ちても良かったはずだが、そういう生徒に着眼するほど、彼女の中で、恋愛はまだ現実的なものではなかった。

中学時代には、お茶菓子が食べられるからという理由で茶道部に所属していたが、男子部員は、変わり者と評判の同学年の生徒が一人いるだけだった。腕時計を右手にしていること、筆箱の代わりにスーパーの袋を使っていること、帰宅前に自宅に電話を掛けて、必ず夕食のおかずを確認することが、彼に纏《まつ》わる噂《うわさ》の代表だった。〈吉田希美子〉は、茶室代わりにクラブで利用していた宿直室の畳の上で、よく彼のこれ見よがしの珍妙な言動に接していたが、他の部員と一緒で、別に厭《いと》うわけでもなく、彼の望む通りにその一々に笑顔を見せていた。それで、部員以外の生徒たちからは、時折、好奇な眼差《まなざし》でその談笑の風景を覗《のぞ》かれていた。

「大人しい生徒」ではあったが、〈吉田希美子〉は、必ずしも笑顔の乏しい生徒ではなかった。毎朝、何時彼女が登校してきて、何時下校したか、誰も気に掛けなかったが、教室にいる間は、親しい二三の友人と何時も一緒にいたし、昼食時にはやはり彼女たちと弁当をつつきながらよく笑っていた。その限られた友人の外は、殆《ほとん》どまともに口を利《き》いたことがなかったので、彼女が何をどんな風に面白いと感じるかは——そもそも考えてもみなかったが——一種の謎《なぞ》だった。歴史の授業で、教師が冗談めいた年号の語呂《ごろ》合わせを口にしたりすると、皆と同じように彼女も笑った。

クラスの人気者の男子が、籤引《くじび》きでトイレ掃除の担当になったりしても、馬鹿馬鹿《ばかばか》しくはしゃぐ教室の中で、彼女も別段、例外ではなかった。笑うのに理屈が必要なわけでもないから、彼女もただ、おかしいから笑っているに過ぎなかったが、ふとその姿が視線の端にはいったりすると、何故《なぜ》だか妙に印象に残った。そう言えば、誰も〈吉田希美子〉が泣いているところや、腹を立てているところを見たことがなかった。必ずしも、何時も陽気であったわけではなく、不機嫌なことくらいはあったが、それには皆気がつかなかった。それで、彼女は何処か、彼女自身というよりも、彼女を写した写真に似ていた。

〈吉田希美子〉の心理の動向は、他人にとっても、彼女自身にとっても野放しだった。異性に愛されるための努力を最初から放棄していたため、彼女はその外観同様に、内面に於《お》いても少々手入れ不足だった。一方的に好意は持っても、それを成就させるための手段は驚くべき潔《いさぎよ》さで断念されていた。それで、何時まで経《た》っても、目の前の人間が何を考えているのかに、思いが至らなかった。恐ろしい独善家にもなり得たはずだが、そうならなかったのは、彼女の性質なのかもしれない。イジメに遭う可能性は大きかったが、幸いそうした経験もなかった。ただ何度か、自分は人から無視されているのだろうかと疑ってみたことはあったが。

大学生になったばかりの頃の、まだぎこちない酒の席で、缶ビールやコンビニの肴《さかな》などと一緒に、皆が賑《にぎ》やかな十代の恋愛話を持ち寄っていた時、〈吉田希美子〉は、一度、高校時代の物理の教師とのささやかな「逸話」を語ったことがあった。他愛もない話だったが、散々渋って、大切にしまっておいた簞笥《たんす》の奥から引っ張り出してきたかのように喋《しゃべ》ってみせたので、聴く側も、馴染《なじみ》の薄い者同士のやさしさで、関心のある風に最後まで耳を傾けていた。

教師というのは、四十代半ばの主に二三年生を受け持っていた男で、既婚で、子供が二人おり、授業の合間には、よくその家族の話をしていた。教え方が巧《うま》く、気安い性格だったので、生徒たちからも人気があり、カッコいいと言う女子生徒もいたが、卒業すると、皆で揃《そろ》って、どうして彼をカッコいいと思っていたのか、首を傾《かし》げ合わなければならなかった。

そうした教師の例に漏れず、この男にも少し変わったところがあった。何のきっかけがあったのか、〈吉田希美子〉が在学していた頃、彼はひどくアナグラムに凝っていた。授業中も、時々、著名な物理学者の名を、ヘンなアナグラムにして披露していたので、みんな知ってはいたが、一度、誰にも内緒のまま、突然、一学年全員の名簿を珍妙なアナグラムにして発表したことがあって、その時ばかりは、流石《さすが》に彼も変人の称号を免れ得なかった。因《ちな》みに〈吉田希美子〉は、「良き神輿だ（ヨキミコシダ）」となっていた。アナグラムといっても、アルファベットではなく、仮名を並べ替えるのである。

地方の学校に時折見受けられる奇妙な流行らしく、生徒の中には、このおかしな趣味に感染して、自らその実践者となる者があったが、彼女もまた、その一人だった。

或《あ》る時彼女は、授業の質問をしに放課後の職員室を訪れた際、自分で考え、レポート用紙に書きつけてきた二十あまりの芸能人やスポーツ選手のアナグラムを、この教師に手渡し、喜ばれた。それからというもの、彼は、廊下で擦れ違う度に、こまめに彼女に声を掛けた。そういう生徒は他にも多くいたが、彼女にとっては特別なことだった。

その後一度、図書室で勉強をしていた時、出し抜けに、「元気か？」と肩を揉《も》まれたことがあった。煙草《たばこ》の臭《にお》いが、直接耳に触れたようだった。彼女はその時、恐ろしく敏感にそれに抵抗した。そして、振り返って、そこに件《くだん》の教師の姿を認めると、どうして良いのか分からなくなって、ただ俯《うつむ》き加減に、「……はい。」とだけ返事をした。

彼女の体は、この時咄嗟《とっさ》に、何か淫《みだ》らなものをその手の感触に探り当てていたが、彼女本人は、幾分それを快くも感じた。そして、もう何年も経ち、大学も卒業して暫《しばら》くしてみると、結局は、その最初の直感のいずれもが、本当だったのだということを感じた。

# 3 性器／生理

一般的な女性と同様に、〈吉田希美子〉も、十一歳で初潮を迎える直前まで、女性器については、一切の知識を欠いていた。自分の体に、そんな部位があるとは夢にも思っていなかったので、小学五年生の春、体育館に女子だけを集めて行われた特別授業で、ＯＨＰに映し出された男女の下腹部の断面図を初めて見た時には、そこに映し出されているものが何であるのかが、内臓の他の部分と同様に暫《しばら》くは分からなかった。

帰宅した彼女は、ランドセルを二階の自室に持って上がり、当時まだ水洗でさえなかった和式のトイレに閉じ籠《こ》もると、母親の手鏡で、恐る恐るその位置を確認した。

誰にとっても、その発見は事後的なものだが、彼女もまた、この時初めて、自分の陰部が既に発毛していたことに気がつき、驚いた。それはまだ、５㎜程度の長さしかなく、疎《まば》らに小さく萌《きざ》したに過ぎなかったが、恥骨を覆《おお》う白くふっくらとした肉の柔らかさと、そのなめらかな表面の下で秘密裏に準備され、這《は》い出してきた毛の強々《こわごわ》しさとの不調和は、彼女に、自身の体に於いて進行しつつある変化を実感させるに十分だった。

何度も撫《な》でて、その根の感覚を確かめた。それから漸《ようや》く、手鏡を股《また》の間に挿し入れた。

外陰部は固く閉ざして、最初その内部を明かさなかったが、体の位置を動かし、排尿時と同じ格好で無理にも押し広げると、天井の裸電球の光を強く反射するプラスチック製の枠の丸い鏡の中に、まだ浅く襞《ひだ》を形成したに過ぎない、未知のピンク色の器官が出現した。

肉体の底の穿孔《せんこう》という抽象的なイメージとは違い、鏡面に映し出された彼女のその器官は、まだ産まれたばかりで、辛うじて息をしている盲目の雛《ひな》にも似て、支える脚の痛みに、不意に力が抜ける度に、折り重なる艶々《つやつや》しい肉の気道の奥に、それともつかぬ苦しげな闇《やみ》を仄《ほの》めかした。

物心付いて以来、彼女は、「バイキンがはいるから」と、母親から触れることを禁ぜられてきたその箇所に、怖々指を伸ばしてみた。両脇《りょうわき》から薄い肉片が閉ざすその中心に中指の先端が達し、少し探ってみた時、まるで鏡の中から、母親の「ダメッ！」という強い禁止の声が発せられたように刺すような痛みが走った。思わず体を反らした際に、鏡の中から彼女の性器は陰に隠れてしまった。

罪悪感が、丁度魚の腹に刃を入れた時のように、血のような不安を胸の裡《うち》に染《し》み渡らせた。外の蛇口で、何時《いつ》ものように、友人たちと泥だらけになった靴を洗う兄の気配が感ぜられた。

彼女は急いで立ち上がると、下着とブルマーとを穿《は》き、捲《まく》ったスカートを元に戻した。排泄《はいせつ》以外の理由でトイレにはいったという意識が、彼女を暗い気分にさせた。鏡の中に、彼女は自分の顔を探した。そこに何か表れていないか、いや寧《むし》ろ、その鏡の中にこそ、何か痕跡《こんせき》が残されてはいないだろうかと、確認するかのように目を凝らした。母親が、最近では専《もっぱ》ら洗面所の鏡で化粧を済ませ、その手鏡を使っていないことは知っていた。しかし、ふとした弾みにそれに目を遣《や》って、異変に気づいてしまったなら、どうしよう。告げ口好きの同級生に、何か悪いことを見咎《みとが》められたように、彼女は不安になった。そして、その手鏡を自室に持ち去り、学習机の引出しの奥に隠すと、大学を卒業して、独り暮らしを始めるための荷物を整理する時まで、ずっとそこに仕舞い込んで、ただ時折、確認するかのように、恐《おそ》る恐《おそ》るその中を覗《のぞ》き込んでみるだけだった。

〈吉田希美子〉が初潮を迎えたのは、この一件から三ヶ月を経てのことである。

女子生徒たちの間では、既に生理が始まった者の名前が、放課後や休み時間などに、囁《ささや》き声でこっそりと交換されていた。〈吉田希美子〉は、あの日の授業以降、俄《にわ》かに盛んになり、それを嗅《か》ぎつけた男子生徒たちが、知りたくてウズウズしていたその「内緒話」を何度か耳にしていたが、自分からその輪に加わろうとはしなかった。

数日前から、彼女は下腹部に、冷たい大きな石が沈んでいるような不快感に苦しんでいた。最初、おなかを壊したのかもしれないと心配していたが、便通に異常はなかった。

その日の丁度、四時間目の授業が半ばに差し掛かった時、彼女は教師にトイレに行かせて欲しいと申し出た。国語の時間で、注意が散漫になってきた生徒に、小説の登場人物の心情について意見を求めていたところだった。教室の皆が彼女を振り返った。そういう生徒は時折いたが、それが「大人しい」〈吉田希美子〉であったことが好奇心を誘った。

教師は、その間の悪さに苛立《いらだ》った様子で、「何だ、五年生にもなって。ちゃんと休み時間に行ってろ！」と小言を言い、許可を与えた。立ちしなに、彼女が手提げカバンの中から、いかにも母親から買い与えられたというような、小さなポーチを取り出すのを認めて、この三十代半ばの男性教師は、あっ、というような顔をした。そして、ばつの悪そうな顔で意味もなく口許《くちもと》を手で掻《か》くと、そのまま何も言わずに授業を続けた。昼休みにはいると、彼は早速、学年主任の五十代の女性教諭にこのことを相談した。ベテランと皆に評せられ、尊敬されていたこの五十代の女は、結局その方が、自然で良かったのよと、笑って彼を慰めた。

〈吉田希美子〉は、授業時間中のトイレの、あの冴《さ》えた、森閑とした静寂の中で、両手を血で汚しながら、その最初の処理を行った。教師に訴え出るまで随分と我慢したせいで、下着は勿論《もちろん》、ピンク色のスカートにまで僅《わず》かだったが血が染みていた。拭《ふ》き取れるだけ拭き取って、何時か母親から教わった通りにナプキンを下着に宛《あて》がうと、そのまま教室へは戻らずに保健室へと向かった。そして、事情を話し、予備のスカートを貸してもらうと、養護教諭の若い女の勧めに従って、給食時間が始まり、校内が騒がしくなる前に、体調の不良を理由にしてひっそりと学校を早退した。

後になって人と話してみると、初めの頃は、ただ血ともつかないような淡い茶色の染みが、うっすらと下着に付着していた程度だったという者もあったが、〈吉田希美子〉の場合、最初からその苦しみは甚だしく、出血は多かった。或いは、最初の幾度かは見落としていたのかもしれない。そしてやはり、長ずるほどに症状は重くなっていって、中学校にはいってからは、二日目になると学校を休まねばならないことも多かった。

〈吉田希美子〉にとって、何時か目にした、あの鏡の中の奇妙な器官が、彼女自身の所有に帰したのは、恐らくこの時からだった。初めて性器に指を触れた時の、全身が過敏に拒絶した、あの外傷的な痛みの記憶は、この時初めて、彼女の内部により深く埋め込まれた、もっと鈍重で、曖昧《あいまい》で、執拗《しつよう》な痛みの実感と結び合った。

痛みにもし形があるとするならば、彼女のそれは、そうして倒立した三角形のように、下に鋭角の頂点を持ち、上に陰鬱《いんうつ》な、重苦しい底辺の根を張り巡らせていた。そして、生理の度に屍肉《しにく》のような冷たさに重く凭《もた》れ掛かるその構造を、崩れ落ちるような出血が、発光する熱によって生々しく浮き立たせた。

この痛みの質は、〈吉田希美子〉の性格に、幾分かの影響を及ぼした。

自分でも気がつかないうちに、折々窺《うかが》わせる彼女の無口には、押し黙った、重く沈み込むような雰囲気が漂い始めた。生理の度に恐ろしい忍耐を強いられたから、それが、特別不幸な経験もなかったはずの彼女の表情に、長い時間を経た疲労のあとのようなものを仄めかせた。内部の変化を押し隠すために、笑顔は何時か、重しの役割も果たした。そうして、元々あまり快活ではなかった彼女は、また少し晴れやかさを失うこととなった。

明らかに、〈吉田希美子〉の苦痛は、人より余計だったので、その相貌《そうぼう》には、他方で何処《どこ》か、聖女的な陰翳《いんえい》が兆《きざ》していった。戸惑いがちな数年の箝口《かんこう》を経て、漸く生理の悩みを教室の片隅で友人に打ち明けられるようになると、彼女は、自分の苦痛の理不尽を一層強く自覚するようになった。人によっては、殆《ほとん》ど何時始まって何時終わったのかさえも分からないというほど、その苦しみから遠い者もある。一方自分はというと、殆ど立つことさえままならないほどの苦しみを強いられている。何故《なぜ》だろう？　理由は何もなかった。彼女は完全に無作為に、その苦痛に選ばれていた。あの女にはこれほどの苦痛を、この女にはこれほどの苦痛をという配分には、神秘的な無意味さがあった。そこには何ら、人を納得させるような理屈はない。その不合理が、彼女の忍耐に、一種、不思議な尊厳を与えていた。

生理の話題となると、彼女は無垢《むく》な偶然の受苦者のように少女たちの同情を集め、時には敬意さえ払われた。病人のようでもあったが、病人ほどあからさまではなく、その秘密は、女にだけ固く共有されていたから、彼女の苦しみは、まだ世間というものを知らない少女たちが、漠然と考えてみる女の不利の例証のように感ぜられた。少年たちから何か理不尽な仕打ちを受けた時には、何故か彼女のことを思い出す者があった。男は決してあんな苦しみを知らない。そう思うと、彼女の忍耐が誇らしく、男子たちがひどく子供染みて感ぜられた。彼女から直接にその話を聴かされた者は、いかにも気の毒そうな顔をして、話の最後にはうっかりと、「偉いねェ。」と言ったりした。どうして「偉い」のかは、誰も分からなかったが、皆が何となくそれに同意した。それで、〈吉田希美子〉は、生理になると、よくその苦しみを友人に報告し、その度に、友人たちは甲斐甲斐《かいがい》しく慰めの言葉を掛け、痛み止めの薬を分け与えた。そうしたことがあまり頻繁になると、聴く側も段々と、残り少ない同情を、節約するようになった。そして、取り分け生理の軽い友人の中には、そんなにそれが自慢なのかしらと、少し意地悪く考えてみる者もあった。

〈吉田希美子〉は、素朴に、友情に対する少女らしい、夢見心地な感動を覚えていたが、もっと漠然としていたとはいえ、人と違っているということの特権的な快感にも必ずしも鈍感ではなかった。これは、何事に於《お》いても人目を引くということのなかった彼女にとって、予期しなかった、まったく未知の経験だった。

生理は無論、周期的なものであるから、彼女の苦痛は一月毎《ごと》に再来し、その間不安は、質量的なうねりを以《もっ》て彼女の生活を充《み》たした。痛みの干満が、歪《いびつ》な円を描き出し、それが彼女の時間となった。時々酷《ひど》くイライラして、訳もなく母親に当たってみたり、仲の良い数少ない友達と喧嘩《けんか》してみたりしたが、それも、当の本人たちが三日と覚えてはいないようなまったく控え目なものだった。

他方で、もう一方の痛み——母親の鏡の中に生じたあの鋭い、先端的な痛み——は、過去というよりも、むしろますます遠く、一回的な未来へと遠ざかっていた。何時の頃からか、彼女はそれを、自然と初めて経験する性交の痛みの想像へと供するようになっていた。やがて再び、ただ一度だけ、それも何倍にも増幅されて訪れるその未然の痛みは、至極《しごく》穏当な道徳的な禁止と相俟《あいま》って、何時でも彼女を怯《おび》えさせた。処女膜が「破れる」、「裂ける」といった生々しい表現が、行為の乱暴さを際《きわ》立《だ》たせた。怖かった反面、そのすべてがあまりに自分とは無縁と感ぜられて、彼女は当面、その無限の延期の可能性を期待し、また信じてもいた。

# 4 乳房／自慰

中学、高校を通じて、〈吉田希美子〉を担任した教師たちは、一様に彼女を、口数が少なく、真面目《まじめ》で、必ずしも利発とは言い難かったが、よく勉強する「いい生徒」だったと記憶していた。この「いい」という言葉には、勿論《もちろん》大した意味もなかったが、事件後の彼らの回想の中では、或《あ》るいはそのコントラストのために強調され、或いはまた複雑な陰影を帯びることとなった。

彼女が進学したのは、県下で中程度の公立高校である。髪を切ったこと、ニキビが減ったことの外、顔は相応に大人びてきたが、化粧をするような気配はまるでなく、眉《まゆ》さえ一度も整えたことがなかった。自覚したことはなかったが、寝起きの洗面所でも、授業の合間のトイレでも、夜の浴室の中でも、彼女はあまり長い時間、鏡の前に立ったことがなかった。

普段から、見られているという意識がまったく欠落していたため、自分の外観に対する彼女の無頓着には、人が自宅で部屋着に着替えた時のような気楽さがあった。高校に入学した時点で、彼女は身長が162cm、体重が58kgあった。体型としては小太りの部類で、自分でもそのことは自覚していたが、別段気にする風もなかった。昼休みには、友達が持ってきた雑誌を見ながら、ダイエットの話をすることもあったが、自分でそれを試みてみたことは、大学にはいるまで一度もなかった。

　外観に於いて、彼女が唯一《ゆいいつ》、気に掛けていたのは、胸の大きさだった。欠点というのは、人に受け容《い》れられたいと願う者の悩みである。愛されたいと思う。すると、愛されるに値しない色々な箇所が気になる。団子鼻、一重瞼《ひとえまぶた》、二重顎《あご》、肥満、短足、……それらすべてが、一々、相手の愛情を遠ざけてしまうような気がする。が、胸が大きいというのは、また少し違っていた。〈吉田希美子〉の胸は、丁度、何か食べ物でも零《こぼ》したあとのように、それとなく人目を引いては、すぐに遠慮がちに彼らを俯《うつむ》かせた。目立つということ。その言葉の強い響きと字面《じづら》とが、彼女を余計に臆病《おくびょう》にさせた。彼女は寧《むし》ろ、人の関係の外側に留まっていたかった。胸の大きなせいで、自分が人から愛されないと感じているわけではない。そのせいで、自分がまったく不用意に、人の関心に引き込まれることに、当惑していた。彼女にとって、そうした経験は未知のものだった。

最初にそれを意識するようになったのは、下着の購入に際してだった。中学生の頃から、徐々にサイズが大きくなっていって、高校一年の時には、到頭近所のスーパーでは、自分に合うものを見つけられなくなってしまった。仕方なく、彼女は当時、母親が凝っていた通販カタログで下着を購入していたが、「ボリュームのある方用」という欄に掲載されている写真は、マネキンのように美しい外国人モデルが着用しているにも拘《かか》わらず、どれもとても高校生が身につけられるようなデザインではなかった。鏡の前に立つと、子供が冗談で母親の洋服を着てみたようなちぐはぐさがあった。彼女の胸は、部分的に、外より早く老成しているように見えた。そこだけはもう、大人というより、中年のようで、肩に掛かった幅の広いベージュのストラップが、網のように重たげに左右の乳房を吊《つる》している様には、殆《ほとん》ど生活臭すら感ぜられた。或る意味でそれは、乳房以上に乳房であった。その様が、まだ曖昧《あいまい》に、柔軟に肉体を覆《おお》った彼女の肌の未然性と角を突き合わせ、これまで見事に調和し、統一を保ってきた彼女という存在の均衡に、余計な加重となって歪《ひず》みを与えた。

仕方がないじゃないと、母親に言われても、制服が冬季用で、しかも体育の授業がない時にしか、彼女はそれを身につけなかった。夏服の時には、無理にもサイズの小さなものをつけたが、そのせいで、胸の肉はカップの上に迫《せ》り上がるようにしてはみ出し、結果、白いブラウスの下で、一層その大きさを強調することとなった。〈吉田希美子〉が、足や腕の太さなどよりも、胸の脹《ふく》らみの方が恥ずかしいと感じていたのは、無論、そこに向けられる関心が、性的なものであったからである。もし彼女に、何も思い当たるところがなければ、これとてさほど気にはならなかったかもしれない。しかし、彼女はこの時、こうした人の関心が、乳房よりももっと奥にあるものを探り当ててしまうことを漠然とながら怖れていた。

丁度、中学校を卒業する頃、古い〈吉田希美子〉の実家では、大掛かりな住宅リフォームを行った。トイレが水洗になったのもこの時である。

彼女にとって大きな変化であったのは、これまで兄の部屋とは襖《ふすま》一枚で仕切られただけだった自分の部屋が、漸《ようや》く個室らしい個室として独立したことであった。これは兄妹がそれぞれに強く希望したことだった。そしてこの時から、兄はほぼ毎日、妹の方はたまにだったが、二人とも、鍵《かぎ》の掛かるその部屋の中で自慰を行うようになった。

〈吉田希美子〉の性的な欲求の波は、この頃、完全に物質的な、内因性のもののように、生理の周期ときれいに歩調を合わせていた。生理前の腹痛が高じてくると、自分ではあまりその因果関係を考えてはみなかったが、硬くなった下腹部の底に、微《かす》かな心拍のように動揺する熱の澱《おり》を感じた。朧《おぼ》ろな知識に導かれて伸ばした指の先が、そこに直接に繋《つな》がるような刺激を探り当てた。それが繰り返されるうちに、丁度獣道《けものみち》が通るようにして、性器と快感との間に、おぼつかないながらも、細い一本の隘路《あいろ》が確保されるようになった。

快感は専《もっぱ》らクリトリスからのみ汲《く》み、生殖器にはまったく手を伸ばさなかった。かつての痛みの記憶にまだ強く捉《とら》えられていたので、入浴して体を石鹸《せっけん》で洗う時ですら、膣口《ちつこう》にはまともに触れてみようとはしなかった。そこからほんの数センチの距離ではあったが、それが保たれていることが、自慰《い》の意識を曖昧にした。

当時、〈吉田希美子〉が有していた性に関する知識は、保健の授業で習った概説的な話の外は、専ら兄の部屋で見つけたポルノ雑誌によって得られたものであった。彼女は、インターネットが普及し、小学生でも簡単にその手の情報を入手出来るようになる時代の直前に十代を終えていた。学校では、一部の女子生徒の間で、妄想と実体験とが入り混じった歪《いびつ》な猥談《わいだん》が横行していたが、そういう輪に彼女が加わることはなかった。

自慰の最中には、彼女の罪の意識は希薄だった。が、翌朝、部屋の中が朝日に明るく照らし出され、目には見えないながらも、昨夜の名残を留めているらしい指先を洗面所に洗いに行って、両親と顔を合わせたりすると、俄《にわ》かに羞恥《しゅうち》心が込み上げてきて、覚えずその手を握り締めた。

なるほど、秘密は人を内面化させる。しかし、その結果、人が気遣うようになるのは、却《かえ》ってその外面である。〈吉田希美子〉は、あまり自分について深く考えることがなかった。それは、過去の自分を顧みることが少なかったということである。誰からも見られてはいないという安心は、彼女の自意識に幸福な眠りを約束していたから、あの時自分が、人にはどんな風に見えていただろうかという内省は、ついぞその意識に上ったことがなかった。それがいわば、彼女の見かけに対する無頓着《むとんちゃく》の根本であった。しかし、自慰の秘密を内に抱くようになってから、彼女は、決して誰からも目撃されてはいなかったその自分の姿を、何度となく、まるで他人の目がそこにあったかのように想像してみた。

普段はまるで忘れていたが、何かの拍子に、彼女は、秘密の発覚に不安を感じることがあった。自分でそれを口にすることはない。とするならば、人に知られるということは、その秘密が、自《おの》ずと露見するということである。人がそうした秘密に感づくというのは、一体、どんな印が顕《あらわ》れている時であろうか？　彼女は、自分の外観に、何か不自然なところはないだろうかと考えてみた。あの時の痕跡《こんせき》とは、具体的には、どんなものだろう？　それが知りたくて、消灯後の布団《ふとん》の中の自分を色々と想像してみたが、真っ暗な闇《やみ》の中で、汗ばむほどに熱の籠《こ》もった布団に纏《まと》わりつかれていたその姿は、決して輪郭を結ぼうとはしなかった。

実際に、自慰をした夜としなかった夜との二つの翌日には、何の違いもなかった。授業の合間に廊下で教師と擦れ違っても、昼食時間に友人と顔を突き合わせても、異変を察知する者は誰もない。そうなると、秘密は奇妙に持て余されるものである。秘密とは、そもそも、危機との比重の均衡によってのみ、肉体の底に沈むものである。危機の比重が軽くなるならば、当然にそれは表面へと浮かび上がろうとする。何故《なぜ》なら、その比重の軽さとは、結局のところ、秘密の保持者の存在の希薄さに外ならないからである。彼女はまだ、その希薄さの中に安んじていたいと感じていた。

もしその彼女の願望を裏切って、そこに不用意な質量を加え、存在の圧迫を周囲に放つものがあるとするならば、それこそは、彼女の肉体であり、その中心に大きく張り出した二つの乳房だった。

〈吉田希美子〉は、何時《いつ》か知れず、その胸への注視が、自身の秘密へと結びついていることを予感するようになった。処女らしく、彼女はそれを嫌悪《けんお》感とともに強く拒んだが、秘密そのものは、受験期の鬱屈《うっくつ》が深まってゆくにつれ、寧ろその更新の頻度を増していった。

# 5　男性経験

〈片原盈《みつる》〉と出会うまでに、〈吉田希美子〉は二人の男とつきあっている。

時間の区切りに対する人の従順さには、不思議に疑いを容《い》れない確信がある。大学生になったという、たったそれだけの理由のために、〈吉田希美子〉は、自分はもう、処女であり続けるべきではないと考えるようになっていた。これは、些《いささ》か説明に苦慮する変化であったが、彼女自身も、その理由は、「大学生になったから」としか答えられなかった。

突然、恋人が欲しくなった。ただ一方的に憧《あこが》れるだけではなく、自分に対して愛情を向けてくれるような異性の存在が必要となった。そんなことは、あり得ないのだという思い込みを脱するまでにはさほど時間が掛からなかった。新歓期の飲み会で、時計の針が深夜を回り、酔いつぶれて転がった者らを尻目《しりめ》に、ぎこちない空騒ぎから一転して私的な打ち明け話が囁《ささや》かれるようになる頃、あまり酒の飲めぬ〈吉田希美子〉は、必ずそこに首を突っ込んで、順を追って語られる様々な恋愛譚《たん》に、興味深げに耳を傾けていた。皆が、辛い過去の思い出を、渋々といったポーズながらも、競うようにして語り合った。そうした話題の豊富な者は、何時《いつ》でも会話の中心にあり、その場では囃《はや》し立てられ、あとでこっそり陰口を言われた。率直に何も語るべき事柄のない自身の高校生活を、自嘲《じちよう》混じりに白状する者もあれば、いかにも本当らしくない嘘《うそ》を咄嗟《とつさ》に捻《ひね》り出す者もあった。

そうした会話に参加しているという事実が、〈吉田希美子〉にとっては、まず新鮮だった。それは、高校の頃までは、ただ一握りの教室の真ん中辺りにいる生徒たちか、逆にその片隅で派手な恰好《かつこう》で目立っていた生徒たちだけが寡占《かせん》しているはずの話題だった。それが、今や誰に対しても当たり前のように開かれている。恋愛というのは、特別に容姿に優れた者のみが与《あずか》る特権などではないのだ。そんな単純な発見が、彼女の胸に光を灯《とも》し始めた。自分の遅れが急に心配になってきた。東京の大学に入学したので、田舎出の劣等感がそれを余計に甚だしくした。誰かとつきあい始めれば、当然に性行為も行うつもりだった。想像すると怖かったが、それが訪れる不安よりも、自分だけが取り残されてしまう不安の方が勝るようになっていた。

やはり「大学生になったから」というそれだけの理由で、〈吉田希美子〉は、化粧を始めた。高校時代は、校則で禁じられていたが、それが解かれてみると、しても良いというのではなく、しなければならないように感じてきて、慌《あわ》てて化粧道具の一式を買い揃《そろ》えた。

自然と、鏡と向かい合う時間が長くなった。

彼女はこれまで、漠然と全体として眺めているに過ぎなかった自分の顔に、初めて個別の注意を向けた。女性誌の「メーク講座」を傍らに、見様見真似《みようみまね》で口紅を塗り、アイ・ラインを引く。その度に、自分のつくりがモデルの美しい目鼻立ちとはどれほど隔たっているかを実感させられ、暗い気持ちになった。

彼女の顔は、単に鏡に映し出されているというのではなく、恐らくは、彼女の所有を離れて、この時既に、鏡の中にこそ存在していた。そして、彼女の顔こそは、それを映し出している鏡に過ぎなかった。

化粧は顔を、当の本人から引き剝《は》がして、一個の対象へと変化させる。彼女は、自らそれに手を加えるまで、その不出来を嘆いたことがなかった。ただせめて、自分が所謂《いわゆる》美人ではないと知っていたに過ぎなかった。しかし、その手にその不出来が委《ゆだ》ねられ、改善せよと命ぜられた時、彼女は初めて不如意《ふにょい》の苛立《いらだ》ちを感じた。どうやっても、見本写真のようにはならない。それはそもそも、瞼《まぶた》が二重ではないからである。鼻が高くはないからである。顎《あご》の先が、こんな風に、小さく結んではいないからである。――何度も塗り直しているうちに、彼女の顔は、いよいよその下絵の失敗を鮮明にした。そうして初めて、遺伝という現象の不公平を恨んだ。

街を歩いていると、自然と、うまい化粧に目を奪われて、それはただうまいだけでなく、元がいいのだと考え直した。〈吉田希美子〉は、自分の容姿に対して次第に卑屈になっていった。生まれて初めて真剣にダイエットをして、入学後半年の間に、6kg近くも体重を減らしたが、その成果をあまり信用してはいなかった。服装にも気を遣い、髪も都内の有名な店で切ってもらったりした。コンパにも参加し、進んでクラスの男子生徒に話し掛けた。彼女は、地方出身の大学生が、この時期に辿《たど》る変容の過程を、意地の悪い週刊誌の風刺漫画のように見事になぞっていった。お金が必要だったからという理由とは別に、とにかく誰かと出会いたくて、コンビニでアルバイトを始めた。実家から通学していたので、せいぜい週に二日程度だった。同僚とはすぐに打ち解け、無駄話をするいい友達になったが、それ以上の仲にはならなかった。毎日のように訪れる客の中には、心を動かされる男もいたが、そのうちに恋人らしき、彼女よりもずっときれいな女と店を訪れたのを目《ま》の当たりにして、また、教室の片隅で、遠巻きに「恋愛」を眺めていた時のような気分になった。

〈吉田希美子〉に、最初の「カレシ」が出来たのは、二十歳の時である。相手は同級生だったが、二浪していたので、歳《とし》は二つ上だった。

高校までは、〈吉田希美子〉のように、あまり物事に積極的でない者のためにも、居場所はきちんと準備されており、教室には常に彼女の席があり、教師は彼女を点呼し、様々な催しがその参加を促していた。それが、大学に入学した途端に、彼女は進んで人と交わりを持とうとするのでなければ、何処《どこ》にも身の置き場がなくなってしまうことに気がついた。彼女は自ら学園祭の屋台の準備や、テスト前のノート集めなどを買って出た。そして、そういう時に、同じような動機で何時も一緒に作業をしていたのが彼だった。

群馬県出身の、凡《およ》そ垢抜《あかぬ》けのしない身形《みなり》の学生だったが、その分彼女は、引け目を感ずることなく、彼を愛することが出来た。日と場所とを変えた三度の悪戦苦闘の末に、彼女は、下腹部に全治一週間ほどの「裂傷」を負った。彼女のかつての痛みの記憶は、この時、その細部に至るまで拡大され、具体的な姿を露《あら》わにした。

出血は、一度だけだったが、痛みの感覚は長く残った。求められれば素直に応じたが、どちらかというと、前戯の方に快感を覚えた。相手の男は、童貞を捨てた興奮と、つきあい始めの喜びとから、デートといっても、食事の外は部屋でひたすら体を交え合うことしか望まなかった。愛情を確認するにはそれで十分だったが、時折見せる彼女の忍従の表情に、彼は一度も気がついたことがなかった。

〈吉田希美子〉が処女を失ったことは、周囲の皆にもすぐに知れた。特別に打ち明け話をした訳でもなかったが、これまでどちらかというと敬遠していた猥談《わいだん》を、進んでしたがるようになった。性的に受け容れられたということが、彼女の自信となった。男とは、一年半ほどで、就職活動中の喧嘩《けんか》が原因で別れた。内定を貰《もら》えぬ彼女が、教員採用試験に合格した彼女を僻《ひが》んでのことだった。その後、滋賀に来てから、最初の学校の同僚と一度つきあったが、或る時突然、相手から別の女との結婚を告げられて、この関係も終わりを来《きた》した。この後、四年間を経て知り合った男が、〈片原盈〉であった。

# 6 〈片原盈〉・I──「ナックル」事件

周知の通り、例の一件がもし、〈片原盈〉ではなく、同じ趣味の別の男との間で引き起こされたものであったならば、〈吉田希美子〉も、これほど多く、メディアに取り上げられることはなかったであろう。そもそも、そこでの事件は、まるで印象の異なる、完全にくだらないものであったはずである。事件後、〈吉田希美子〉を知る者は、誰もがその意外さに目を丸くしたが、〈片原盈〉の場合は、多少違っていた。彼もまた、大いに知人らを驚かせたが、少し考えると、あの男なら、そんなことでもしかねないという気がした。事件の核心に関しては、未《いま》だ謎《なぞ》が多かったが、その得体の知れぬ感じまでをも含めて、彼らしかった。

〈片原盈〉には、殆《ほと》んど、友人らしい友人がいなかった。

職場の市役所でも、仕事以外のことで、言葉を交わす者は決して多くなかったし、その少ない機会でさえ、彼の方から掛けられた言葉に対して、面倒臭そうな返答が一つ二つ返ってくるに過ぎなかった。そして、その遣《や》り取りは、昼食時の気楽な同僚との雑談の中で、よく物笑いの種になっていた。

高校までの〈吉田希美子〉と違って、〈片原盈〉は、自身は大いに友人を欲していたが、それを知りつつ、皆、彼とは交わりたがらなかった。唯一《ゆいいつ》、彼が周囲の人間と絶ち難い関係を持っていたとすれば、小学生時代、ずっとイジめられていたことくらいだった。

事件の後、あれこそその予兆だったと中学校の同級生らが興奮気味に思い出したのは、三年生の春のこんな小話である。

その年、中学校では、校内の至るところで煙草《たばこ》の吸い殻が見つかり、教師たちは、その処置に手を焼いていた。一度、失火というより、恐らくは故意であったのだろうが、体育館の裏手から火の手が上がって、消防車が出動したこともあった。初動が迅速で、小火《ぼや》程度で済んだものの、周囲にはまた煙草の吸い殻が散乱していたので、いよいよ教師たちは、取り締まりの徹底を図るために、頻繁に抜き打ちの所持品検査を行うようになった。違反があれば、即「出席停止」——「停学」と生徒たちは言っていたが——という厳しいものである。検査による煙草やライターの虱潰《しらみつぶ》しの押収《おうしゅう》というより、抜き打ちの不安による予防を狙《ねら》ったものだったが、これが功を奏したのか、校内での煙草の吸い殻の発見は、一時、コインを拾うよりも珍しいほどになった。

この喫煙が、〈片原盈〉の仕業だったというわけではない。犯人は、数人の「不良少年」たちで、これは実際は、教師も生徒も知っていることだった。中間テストの日の放課後、突然、不意を打って行われた所持品検査では、何時《いつ》ものように、そろそろ危ないという事前の憶測が広まることもなく、教師に多くの没収品をもたらしたが、その中に、漫画やCDやポルノ雑誌などと混ざって、予想もしていなかった奇妙なものが見出《みいだ》された。

教室で、〈片原盈〉のスポーツ・バッグを探った時のことである。教師の手が、教科書や体操服の乱雑な塊の中に、不自然な重さを探り当てた。見ると、白い布にくるまれた、ドーナツ大の重りの輪のようなものが、バッグの底に沈んでいる。

教師は、「ん？」という顔でそれを引っ張り出した。その重みには、教室という場所が、そもそも受け止めることを想定していなかったような意味の凭れがあった。すり鉢虫の罠《わな》のように、そこに、生徒たちの視線が次々と足を取られて落ちていった。

「……何や、これ？」

教師の問いには、既に確信めいた怒気が込められていた。それが生徒たちの好奇心を駆り立てた。

〈片原盈〉は、何処《どこ》か濁ったような、粘性のある白い顔で、狼狽《ろうばい》したように教師の顔を見上げた。そして、どうするべきかを抜け目なく探り当てたように、急に神妙な反省の面持ちになって、それを読み取ってくれと言わんばかりに無言で教師の顔を見つめた。教師はそれを受けつけなかった。

「何や、訊《き》いとるやろう？　あ？」

教室がざわつき始めると、教師は「静かにしろ！」と一喝し、四方を睥睨《へいげい》した。

そして、

「何や？　黙ってても分からんやろう！」と語気を強めた。

「そ、それはですね、……あの、……ご、護身のためです。……」

〈片原盈〉は、あたふたとどもりながらも、少し掠《かす》れ気味の声で、それでも、うまく説明すれば、理解されるだろうと期待している風の、阿諛《あゆ》するような顔つきで、高音の出ない歌手のように顎《あご》を突き出し、その「護身」という言葉を絞り出した。

「はァ？　何？」

「護身です。ゴ、シ、ン。」

尋問するように凄《すご》んでみせる教師の反問の仕方に、〈片原盈〉は、今度は急に、苛立《いらだ》った、相手を小馬鹿《こばか》にしたような口調でそうはっきりと言った。そして、自分の言葉に強く二度頷《うなず》いた。教師は、堪《たま》らず、叩《たた》きつけるようにしてそれを彼の机の上に置くと、

「護身？　何が護身や！　お前これ、ナックルやろが！　あ？　お前、こんなもん、何にするんや？」と怒鳴りつけた。

その「ナックル」という名詞もまた、教師の言葉の中で、前後の語と結びそこなって、蜘蛛《くも》の巣に掛かった虫のように宙づりになっていた。「ナックル」とは何だろうか？　皆、今し方の教師の言葉を頭の中で反芻《はんすう》している。確かにそう聴こえたが、「ナックル」とは、あの「ナックル」だろうか？　方々で、隣の生徒と確認し合う声が聞こえる。やがて、半ば強引にも事態が把握されると、今度は方々で失笑が漏れた。取り分け、件《くだん》の「不良少年」たちは、足を踏み鳴らして、腹を抱えて笑

い出した。

「うるさいっ！」

教師は、そう怒鳴りつけると、返す刀といった勢いで〈片原盈〉の頭を目一杯、拳骨《げんこつ》で殴りつけた。その音の凄《すさ》まじさに、一瞬皆目を丸くし、堪え切れずにまた笑い出した。「何考えとるんや、お前は！　あとで職員室に来い！」と、机の上の「ナックル」を取り上げると、ポケットにしまった。ジャージのズボンの片側が、その重みでずり落ちそうになっていた。〈片原盈〉は、「……はい。」と一言返事をすると、俯《うつむ》いたまま、歯軋《はぎし》りしそうなほどに強く口を結んで、時折よく聴き取れぬ独り言を言っていた。

この一件は、たちまちのうちに学年中に広まり、〈片原盈〉は、単に目立たない、陰気な学生から、一気に、薄気味の悪い、「アブナい」奴《やつ》だと噂《うわさ》される存在となった。

〈片原盈〉が所持していたのは、確かに当時、よく漫画雑誌などに「メリケンサック」だの「ナックル」だのといった名前で広告が載っていた喧嘩《けんか》のための武器だった。それは、釣具店で購入した板鉛を幾層にも重ねて、白い手拭《てぬぐ》いでくるんだだけの手製の粗末な代物《しろもの》で、実際にどれほど役に立ったのかは分からなかったが、彼が何の考えからそんなものを作ろうと思い立ったのかは、謎のままだった。それを尋ねてみる友人を彼は持たなかったし、いたとしても、彼自身は説明を拒んだであろう。

随分と時が経《た》って、もう社会人になったあと、この当時の同級生十人ほどがちょっとした同窓会を催した時、丁度、世間で騒がれていた同窓会殺人未遂事件のことが話題となった。中学時代にイジめられていた男が、復讐《ふくしゅう》のために同窓会を企画し、集まった者らに毒のはいった酒を飲ませようとしていたというものである。計画は、彼の部屋で計画を記した日記を見つけた母親によって事前に通報され、未遂に終わった。〈片原盈〉の同級生たちは、久闊《きゅうかつ》を叙し、酒を飲み、この中に毒ははいってないだろうなと、気楽な冗談で打ち興じたが、中の一人が、もし自分たちのクラスでそんなことをする奴がいるとすれば、誰だろうと言い出した時、その頃はもう、別段イジめられていたというわけでもないのに、皆が一斉に名前を挙げたのが、〈片原盈〉だった。そして、すぐさま、当時付いた「ナックル」という綽名《あだな》を確認し合った。あいつは今でも「ナックル」を持ち歩いているんだろうかと、皆で笑った。あれは結局、何だったのだろうと首を捻《ひね》ったが、それに対しては、誰も答えらしい答えを持ち合わせてはいなかった。

この小話に付け加えるべきもう一つの点としては、学校から連絡を受け、激昂《げっこう》して息子を散々に殴りつけた父親を、〈片原盈〉が、以後現在に至るまで、執念《しゅうね》く憎悪《ぞうお》し続けているということである。蛇足だが、当時から〈片原盈〉の容姿は、並んで歩けば、思わず人が吹き出すほど、この父親とそっくりだった。

## 7　〈片原盈〉・Ⅱ——女性観

〈片原盈〉は、これまで一度も、異性と恋愛関係を持ったことがなかった。童貞は二十三歳の時に捨てていたが、これはテレクラで知り合った四十三歳の主婦が相手だった。以後、自瀆《じとく》以外の彼の性的な欲求の発散は、専《もっぱ》ら風俗店か、テレクラで知り合った女かのどちらかで、後者はやがてパソコンや携帯電話の「出会い系サイト」へと変わっていった。

事件後、〈片原盈〉の「滑稽《こっけい》な性癖」は、複数の週刊誌で、彼と関係を持ったという数人の女たちの証言とともに記事にされ、また、ウェブ上の掲示板でも、真偽はともかく、もっともらしい多数の情報が飛び交っていたので、目にした者も多かったであろう。

〈片原盈〉を知る者は、皆口を揃《そろ》えてその並外れて自尊心の強いことを語っているが、それは、性行為に於《お》いては極単純なナイーヴさと表裏をなしていた。これはいわば、鶏と卵との関係であり、どちらが前《さき》で、どちらが後なのかは分からなかった。

彼との関係を証言したすべての女が、〈片原盈〉の性器が「標準よりもやや小さ目」で、中の一人の言葉を借りるならば「はいったと思ったら、もう終わってる（笑）」ような、極端な「早漏」だったことを語っている。件のＤＶＤを見る限り、証言には若干の誇張があるが、容易に想像されるように、これらの話は、取り分けネット上で喜ばれ、前者の「標準」という言葉を巡って、それがどれくらいなのかと、別のスレッドまでが設けられていた。

〈片原盈〉が通いつめていた滋賀県の有名な歓楽街にある風俗店の男性従業員は、一度このことを冗談半分にからかった店の女が、彼に髪を摑《つか》まれ、力任せに殴られたという逸話を語っている。記事には、彼が以後、この店の出入禁止のブラック・リストに載せられていたという話に続けて、「まァ、もちろん、そんなことをしていいいただですむはずはないですがね。あとはご想像にお任せします（笑）」というコメントが付されている。

記事の殆《ほとん》どが、これに関連づけて、彼がどんな時でも、忘れずに数種類のバイブレーターを持参していたことを付記している。更にこれは、テレクラや「出会い系サイト」で知り合った女たちが一様に証言していることだが、彼は、相手が事前にシャワーを浴びることを絶対に許さなかった。無論、自分も浴びなかった。女に不潔なままの自分の性器を舐《な》めさせることは、何時《いつ》でも彼を興奮させたが、他方で、一日排尿を繰り返した女性器を、鼻を擦《こす》りつけて嗅《か》ぎ回り、音を立てながら舐めしゃぶることも好んでいた。彼はそれが、女にとっての恥辱であることを信じていた。

相手の示す強い抵抗が、何よりもこの理屈を彼に納得させた。そして、持参したバイブで膣《ちつ》やクリトリスを執拗《しつよう》に刺激し、女が何度も絶頂に至って、彼の要求通り、「もう、勘弁してください、」と繰り返し休止を懇願するまで、決してその手を休めなかった。そうして相手から、彼を嘲るに足るもののすべてを剝《は》ぎ取り、恥辱に塗《まみ》れさせたあとでしか、彼は行為に及ぶことが出来なかった。

〈片原盈〉は、こうしたことのための時間と労とを決して厭《いと》わなかった。また、劣等感のために、性行為自体から身を遠ざけるということもなかった。女の体に対する彼の執心には、何か復讐《ふくしゅう》に似た根気強さがあった。行為中、彼は絶えず侮辱的な、しかし、貧しく単調な猥語《わいご》を呟《つぶや》き続け、相手にもそれを復唱させた。何度か女に排尿を強要し、尿道口に直接イソギンチャクのように口を吸いつけ、尿を飲んだこともあったが、逆に、女に性器を頬張らせ、立ったまま排尿して、それを飲ませたこともあった。

彼がよく利用していたレンタル・ヴィデオ店の店員は、事件後、彼がこれまでに借りたヴィデオ・テープ及びDVDの履歴を週刊誌に提供していたが、リストを見ると、極稀《まれ》に少し前に話題になったようなハリウッド映画が混ざっている他は、基本的に所謂《いわゆる》AV《アダルト・ヴィデオ》ばかりで、しかもその好みははっきりしていた。彼が好んだのは、一つは、ラブホテルに仕掛けられたカメラで素人《しろうと》の性交の現場を盗撮したもので、彼は、その店の「覗《のぞ》き／盗撮」という棚にあるすべてのソフトを一本残らず借りていた。また一つは、精液で女の体を汚すことをテーマにしたもので、これもまた新作が出る度に必ず借りてゆくというので、一部の店員の間では話題になっていた。

〈片原盈〉は、性交の最後には必ず相手の顔に射精したがった。拒絶されると、膣内に射精すると脅して無理に同意を取りつけることもあった。AVを借りてきても、往復するのは決まってその場面である。そして、自慰の最後には、雑誌に載っている女優やアイドル歌手、女子アナウンサーの顔写真に向けて射精し、生ぬるく凭《もた》れて脈打つ性器で執拗にそれを塗りたくり、最後はわざとのようにぞんざいに、丸めてそれをゴミ箱に捨てた。

「面汚《つらよご》し」、「顔に泥を塗る」といった侮辱の表現は昔からある。そこに性的な意味合いが加味されるのであれば、汚すものは、差詰《さしず》め精液ということになるのであろうか？　或《あ》いはそれは、一種の「マーキング」であるのかもしれない。

〈片原盈〉にとって、女の顔とは、あらゆる嘘の象徴だった。本当は、誰もが雌犬のような卑《いや》しい欲望の奴隷《どれい》でいながら、いかにも澄ました顔でそれを覆《おお》い隠している。そのツラが、オレを貶《さげす》み、拒んでやがる！――そう彼は信じていた。

彼は、自分が社会から、決して歓迎されない人間であることを知っていた。そして、それが何故《なぜ》なのかが、ずっと分からなかった。まったく身に覚えもないままに、自分は一方的に、社会から冷淡に扱われてきた。そんな風に感じていた。明らかに、後に変造された部分も多かったが、まだほんの子供の時から、彼は自分が、人から好意を以《もっ》て受け容《い》れられたという記憶がまったくなかった。だからだ！　オレは今、こんな田舎のくだらない役所で、毎日反吐《へど》の出るほどくだらない連中と、死ぬほどくだらない仕事をしている。それはオレのせいじゃない。みんな、この偽善者だらけの社会のせいだ！　女という下等な生き物は、そういう世の中の歪《ゆが》んだ仕組みをバカ正直に信じ込んで、オレをそのまま、つまらない人間だと見なし、歯牙《しが》にも掛けず、逆にそんな世の中でうまくやっていけるだけ腹黒い連中には、ホイホイ尻《しり》を振って付いていくんだ！　自分の淫乱《いんらん》な本性もキレイに覆い隠して！

〈片原盈〉の女性観は、「女は男の便所だ」式の過激な文句を好むフェミニストたちが、男一般のそれと思い描いているところと、そう大して隔たってはいなかった。彼が女に愛されなかったことは既に書いたが、友人としてさえも持続的な関係を築くことが出来なかったので、服を纏った女に、彼が何ら真実を見出《みいだ》さなかったというのも、肯《うなず》ける話である。女たちは、決して彼に、告白と呼ぶに足るような重みのある話をしなかったし、職場のつきあいで酒を飲みに行く時でさえ、顔ぶれから、明らかに手を抜いたと分かる彼女らの化粧そのままに、おざなりな愛想で飾られた通り一遍の世間話しかしなかった。そして彼が、唯一《ゆいいつ》女に受け容れられたと感ずるのは、ただ快楽を媒介とした関係に於いてのみだった。

彼が女について抱く想念のすべてが、殆どAVの台本程度の語彙《ごい》しか持っていなかったという事実は、その経験によっても支えられた。彼はそれ以上のより複雑で、陰翳《いんえい》に富んだ言葉を、そもそも必要とはしていなかった。

　二十三歳の時に初めてテレクラで知り合った女を抱いた時、彼は、服を脱ぎ、全裸になった女が、獣的な喘《あえ》ぎ声を発して、次第に、四方に枝分かれした５０kgほどの肉の塊へと変貌《へんぼう》してゆく様を眺めながら、これまで自瀆の度に妄想してきた女の本性が漸《ようや》く眼前に出現した感動を味わった。この女は、今、嘘から裸なのだと彼は感じた。一体誰が、こんな風に自分を偽ることが出来るというのだろう？　その動きには、意志の想像し得るあらゆる体軀《たいく》の記憶を次々と内部から突き破って奔出し、乗っ取ってゆく過剰さがあった。無時間の場所にバラバラに投げ出された放埓《ほうらつ》な四肢を、無理にも接《つ》いで時間の中に連続させたように、肉体は、一所に止まらず、刻々と変転し、女はその粗雑に接合された肉体の形姿に苦しめられているかのようだった。彼はそれを、滑稽であり、醜いと感じた。女はみんな、これを隠している。服を着て、化粧をし、何喰わぬ顔で街を歩きながら、その内側には、何時もこれが蠢《うごめ》いているんだ！　だから女たちは、男が夜の話をすると、飛び上がって顔を顰《しか》めてみせる！　これを暴《あば》かれたくないから！　本当は薄汚い淫乱の癖に、どうして女が、性欲処理のために、一人の男としかセックスしたがらないのか、オレは知っているぞ！　このためだ！　このためだけだ！　色々とキレイごとで恋愛を美化して、性欲とは何の関係もないところでそれが始まるように見せかけているのも、これに支配されている正体を、本当の姿を見破られたくないからだ！　そうして嫉妬《しっと》のために、どうやら人にはそれをばらしそうもない男の前でだけ、ヒーヒー雌豚みたいに尻を振るんだ！……

〈片原盈〉は、日常を営む女も性交に際しての女も、どちらも真実だという極穏当な考え方には、絶対に至らなかった。彼は、日常の女たちからは拒絶され、ただ性交を通じてのみ、自分が受け容れられる希望を抱いていたから、この結論は、彼としては当然だった。しかも彼は、性交を通じての関係が、人間的な信頼だとか、友情だとか、尊敬だとか、そういった世間で尊重されているあらゆる抽象的な関係のあり方よりも、遥《はる》かに率直で、生々しく、深いものであることを、実体験から確認していた。一体、誰が、日常の生活の中で、あれほど強く、無我夢中で一人の人間を抱きしめることが出来るというのだろう？

〈片原盈〉が、テレクラや「出会い系サイト」で知り合った殆どの女が、普段は至極まっとうな社会生活を営んでいた。花屋の店員もいれば、県庁の職員もいた。O

Lもいれば大学生もいる。〈吉田希美子〉に至っては、中学校の教師である。彼は、そういう女たちの周りにも、当然に男友達がおり、知人がおり、男の上司がいることを知っていた。その中には、信頼され、尊敬され、一生を左右するような相談を持ち掛けられる男もいるだろう。しかしあの女たちは、その男に抱きしめられ、愛《あい》撫《ぶ》されると想像すると、一転して身の毛も弥立《よだ》つほどゾッとし、しかもオレのように世間ではまるっきりゴミのように蔑《さげす》まれている男のためには、尻の穴まで悦《よろこ》んで舐めてやるんだ！　男など、どんなに立派そうなツラをしていても、考えていることはみんな同じだ。隙《すき》あらば、目の前の女と一発ヤリたいと思っている。そうに違いない。そして、世間のご立派な連中は、信頼だの尊敬だのといったアブクのように実体のないものを山と手に入れながら、目の前の女の体には、到頭一度も手を触れたことがないんだ！　その裏では、オレみたいなのが、そういう女どもと思う存分、お互いの体を撫《な》で、舌で舐め合い、粘液塗れになりながら性器を擦り合っているというのに！　一体、どっちが本当に得をしているだろう？　どっちが本当に女を知っているだろう？　どっちが本当の人間関係だろう？

〈片原盈〉は、決して多読ではなかったが、虚栄心から時には本に手を伸ばし、また、単純な反発心から却《かえ》って宗教や哲学といった世の中の道理を説くもの——と彼は考えていた——や偉人の生涯などに関心を持つようなところがあった。或る時彼は、「若者の性のモラル」について議論するテレビ番組を見ていて、そこで禁欲の重要さを説いた神父が、バケモノめいた厚化粧の女子高生にまるで小バカにされているのを見て、ケタケタと笑ったことがあった。彼が考えたことはこうである。どうして宗教家は、女に貞淑を求めるのだろう？　当然のことだ。もし女の淫乱な本性を自由にすれば、最高の聖人が、不細工で、短足で、体臭が強いからといった理由で足蹴《あしげ》にされ、どうしようもない悪党が、顔が良くて、声に色気があって、ついでにセックスがウマいからというだけで、女たちの支持を得ることになるからだ。そうなれば、どんな男だって、バカらしくて戒律なんて守っていられなくなるだろう！

〈片原盈〉にとって、服を着た女は、いわば嘘《うそ》をつく全裸だった。一体人は、衣服によって他者から裸体を守っていると考えがちだが、他者の住む日常という世界を、むしろ裸体から守っているものこそが衣服である。〈片原盈〉は、それが嘘であると信じ、それこそが自分を拒絶している世界の象徴だと考えて疑わなかった。街ゆく女たちを眺めながら、彼は何時も、出来るだけ下卑た言葉で、彼女たちを夜の姿の——つまりは本当の姿の妄想へと絡《から》め取り、執拗に弄《もてあそ》んだ。恋人と腕を組んで歩く女の唇を見ると、それが前夜、跪《ひざまず》いて相手の性器の上を這《は》いずり回っていた様を想像した。ロー・ライズのジーンズを穿《は》いた女が、Tシャツとベルトとの隙間から、やわらかい脂肪に押し潰《つぶ》された臍《へそ》を覗かせているのを目にすると、それをありふれた妄想として、性器や乳房の遠い裾野《すその》と見るのではなく、性交の最後に、男の精液が瀉出《しゃしゅつ》されるゴミ捨て場のように眺めやった。

当然の如《ごと》く、彼は芸能ゴシップに強い執着を示した。恋愛そのものが、彼にとっては美辞麗句で粉飾された性欲の処理に過ぎなかったから、醜聞であっても、「熱愛発覚」であっても、あまり変わりはなかった。アイドルだ女子アナだといったところで、一皮剝《む》けば、そこらの「援交ギャル」と何も変わらない、脳ミソ空っぽの淫乱な雌豚じゃねェか。その癖に、いかにも自分たちが特別の人間であるかのように、デカいツラしてテレビや雑誌でチャラチャラしてやがる！　あいつらだって、オレがちょっとアソコを舐め回してやれば、忽《たちま》ちスケベな汁をしたたらせながら、尻を振ってくるに決まっているんだ！

〈片原盈〉は、性欲の平等を石のように固く信じていた。どんなに美人であろうと、どんなに社会的な地位が高かろうと、どんなに金があろうと、目の前に男性器をぶら下げられれば、誰も彼もが、発情した下等な動物の本性を露《あら》わにするというのが彼の確信だった。そこではすべての女が完全に没個性であり、誰一人として彼を蔑む資格を持たなかった。恥辱の渦中で、快楽をエサに女を手懐《てなず》け、その肉体を弄びながら、彼は女が、自発的にその本当の姿へと立ち返ってゆく様子に最も興奮を覚えた。

「ホラッ、アソコがこんなにイヤらしい汁垂らしとるで。え？　ホラッ、ぴちゃぴちゃスケベな音立てて、この淫乱女が。」

　そうしてバイブレーターで女性器を刺激しながら、必ず彼は、

「『チンポが欲しいです』て言《ゆ》うてみ、ホラッ。『あなたのオチンチンをわたしのイヤらしいオマンコに入れてください』て言うてみぃな。言わんと、気持ち良くしてやらへんで。ホラッ、……ん？……」と、ＡＶの男優を真似《まね》て、女にその復唱を求めた。そして、応じなければ、絶頂に至る直前にバイブの電源を切って、もどかしさに身を捩《よじ》る女に対して、改めて同じことを要求した。そして、他のすべての女に

対してと同様に、〈吉田希美子〉に対してもまた、こうした行為は、録画したヴィデオ・テープを再生したかの如く、寸分変わらずに繰り返されることとなった。

# 8 「出会い」

少年による凶悪事件が起こると、所属していた学校の責任者は、大体、普段は「極ふつうの生徒」だったと声明を出すものだが、これは一種の責任回避の手段である。うっかり、元々要注意生徒だったなどと言おうものなら、忽《たちま》ち事件の防止責任を問われることになる。本当の姿は分からなかった。そう言っておくのが一番である。

しかし、大人が引き起こした事件であっても、実際はそれとさほど変わらないものである。事件直後の取材では、犯人の周囲にいた者たちは、大抵彼を「ふつうの人」と評するものだが、これは無意識の社会的な責任の回避である。彼のような人間の手を取り、共同体から脱落せぬように積極的に力を貸す。そうした理想的な社会構成員では、彼らはなかったということである。が、更にアイロニカルに見れば、こうした言い回しは、裏で何をしていようと、普通を装える程度に普通であったのならば、結局彼は普通であるという認識の表明と取れなくもない。

ご多分に漏れず、当初はまさしく「ふつうの人」と語られていた〈片原盈〉も、やがて週刊誌を中心に、こうした人物像が白日の下に曝《さら》されてゆくこととなったが、その証言者は匿名《とくめい》を約束されており、その殆《ほとん》どが、今現在の彼とは何ら関わりを持たないかつての知人たちであった。

事件そのものと〈片原盈〉とは、そうして一つに結ばれ、なるほど、そんな人間なら、こんなこともしでかしかねないと、漸《ようや》く人々の混乱した頭を鎮《しず》めたが、他方でますますふしぎと感ぜられたのは、どうして〈吉田希美子〉が、よりにもよってそんな男と、八ヶ月もの間、関係を結んでいたのだろうということであった。教師であるという特殊性に鑑《かんが》み、実名報道を行った複数の週刊誌の記事では、当然に、〈吉田希美子〉の人となりについても書かれていたが、彼女こそは幾ら取材してみても至って「ふつうの人」であった。ただしそれも、〈ミッキー〉さえ存在しなければの話である。

〈吉田希美子〉が、「出会い系サイト」を利用し始めたのは、事件の十ヶ月ほど前からのことである。きっかけは、勤務先の学校で問題となっていた、生徒たちによるその利用であった。当時、夏休みを終えて、全校生徒を対象に行った匿名のアンケートでは、四割ほどの生徒が、理由の如何《いかん》に拘《かか》わらず、それを「閲覧したことがある」と回答し、中には若干名ではあったが、連絡を取り合った相手と、「会ったことがある」と回答した者もあった。これに付して、更に「その相手と『援助交際』（金銭の授受を目的として、性行為またはそれに類似する行為を行うこと）をした経験がある」との質問に対しても、「はい」という回答が複数あったが、これには後に、数名の父母らから質問が直接過ぎると苦情が寄せられていた。

〈吉田希美子〉は、生徒指導を担当していたわけではなかったが、副担任をしていたクラスにも、サイトの閲覧経験者が十名以上いたため、確認のために、自分でもアンケートに名前の挙げられていたサイトを検索し、「会員登録」を行って実際の遣《や》り取りを覗《のぞ》いてみたことがあった。勿論《もちろん》、書き込みをするわけではない。ただザッと見てみるだけである。好奇心はあったが、それはあまり強く自覚しなかったので、当たり前に、仕事のためだと考えていた。

この時、〈吉田希美子〉には、既に四年以上も恋人がいなかった。年齢も三十を超えていただけに、「結婚のご予定は？」と訊《き》かれることも多かったが、何時《いつ》も曖《あい》昧《まい》に笑って誤魔化《ごまか》すだけだった。馴染《なじ》みのない地方都市で、同僚を除けば友人も殆どいなかったので、週末になると暇を持て余して、たまに顧問をしていた茶道部の部員を集めて、校庭でお茶会もどきの「ピクニック」をする他は、琵琶湖《びわこ》まで独りでドライヴに出掛けたり、買い物をしたり、部屋で漫画や雑誌を読みながら、時々、東京や埼玉の友達に電話をし、口頭でうまく伝えられなかったことを後でメールや手紙に書いたりした。

標準的な現代人らしく、まだほんの子供の頃から、〈吉田希美子〉の一日の時間は、正確に二分されていた。大学を卒業するまでは、一方は学校での勉強の時間、他方はその外の時間である。両者は混ざり合うことなく、何時でも比重の違う二つの液体のように生活の中にはっきりと層をなしていた。それは無論、仕事と余暇という生涯彼女を分断し続ける二つの時間のための一種の訓練だった。

大人になった〈吉田希美子〉は、昔勉強していたように日中働き、放課後を過ごしたように仕事を終えた時間を過ごしたが、何となくそれが同じでないことは感じ取っていた。かつて学校で勉強していた彼女は、ひたすら未来の自分に奉仕し、学び、考えたことを何年も後の生活へと供給していた。そして放課後は、彼女に束《つか》の間《ま》の現在を与え、両者は交互に並べられて、彼女を時間の流れと併走させ、前へと押しやっていた。それが、今は違う。彼女は職場である学校で、ただその日、その時のためだけに生きていた。そして帰宅後も、翌日の「その日、その時」のための準備をしているに過ぎなかった。

　そうした毎日の中で、彼女は自分が、何となく停滞している感じに囚《とら》われていた。数年先という未来に向けて自分がすべきことが何もない。パン工場の流れ作業のように、次々と目の前に差し出される毎日をその都度個別に処理していくだけである。かつては、今この瞬間の自分とは違う自分が、漠然と未来に夢見られていた。だからこそ、現在の自分を仮初めの自分と信じて受け容《い》れることが出来た。しかし、今はそうではない。日中の彼女は、地方の一中学教師として、すっかり固定されてしまっていた。そして余暇には寧《むし》ろ、昔の思い出が繁殖しつつあった。社会の中に自分の身を置く違和感を、彼女は持て余し始めていた。未来にそれを託すことが出来ないのならば、今現在で工夫しなければならない。仕事から逃れられないのであるならば、あとは余暇しかない。その時間にはせめて、違っていたいと感じ始めていた。さして深い考えもなく、便利そうだからと、彼女は、電話会社からの勧誘に応じて、自宅のパソコンを定額料金のブロードバンド接続にした。以後彼女は、自宅で過ごす時間の大半を、ネット・サーフィンに費やすようになっていった。

何時か二人で事を終え、ヴィデオ・カメラやバイブレーターが散乱したホテルのベッドに寝そべっていた時、〈吉田希美子〉は、電車内での痴漢で逮捕されたという国立大学の教授のニュースを見て、〈片原盈〉がテレビに向かってこんな言葉を口にしたのを覚えていた。丁度、モザイクで顔を覆《おお》われた男子学生の一人が、「あんなマジメな先生が、こんなことするなんて、信じられないです。」と感想を語ったところだった。

「アホか？　いっつもマジメな顔してんとアカンさかい、痴漢でもせんとやっとれんのやろ？」

〈吉田希美子〉は、この言葉に対して、ひょっとするとこの人も痴漢をしているのだろうかと、見当違いな疑念を抱いたに過ぎなかったが、この短い評言が強く印象に残ったというのは、結局のところ、それが彼女の生活の現状からそう遠くはないからであった。

毎日、勤務先から帰宅して、独りの夕食を作って食べる。それからアロマ・キャンドルに火を灯《とも》してゆっくり一時間掛けて入浴すると、翌日の授業の準備をし、あとは寝るまでパソコンと向かい合ったままである。立ち上げてすぐにメールをチェックする。新着のものがあれば返事を書き、なければこちらから送信する。「お気に入り」に登録してあるサイトを一通り見て回る。それでも時間のある時には、日頃気になっていたことを、何だったかしらと思い出しながら、一つ一つ検索欄に入力していった。

休みの日には、よく思いつくままに知り合いの名前を検索してみた。意外なところで意外な人の名前を見つけそうな気がした。一二秒ほどで結果の一覧が表示される。その文字の波の上を、彼女の目は潮に攫《さら》われるようにしてうつろに漂い続けた。

何度か、小中学生の頃に好きだった男の子の名前を検索したことがあった。しかし、それらしいものは出てこなかった。「かわいい」と何時も評判せられていたクラスの女の子の名前でも、やはり同じだった。検出されたのは、同姓同名の別人ばかりである。今頃は、何をしているんだろう？　きっと、すごくきれいになってるだろうに。普通に結婚しているのだろうか？　それで姓が変わってしまって、出てこないんだろうか？　何処《どこ》かで噂《うわさ》になっているかもしれない。そう思って、姓を外し、名前と出身校名とで改めて探してみたりもしたが、今度はただ、「該当するページが見つかりませんでした」というつれない表示が出ただけだった。

あの頃、教室の真ん中で、皆に持《も》て囃《はや》されていた生徒たちが、どんな些細《ささい》な情報でさえ漏らさず集積しているかのようなネットの世界の中で、一つとしてその手懸かりを留めることなく、完全に名前を失っているということが、〈吉田希美子〉にはふしぎだった。卒業文集には、決して小さくはない、様々な「将来の夢」が書き記されていた。それを実現した者は一人としていないのだろうか？

記憶の名前が底をつくと、最後は何時も、自分の名前を検索してみた。さほど珍しい名前ではなかったので、決まって何人かの同名の他人たちが呼び集められた。インターハイの神奈川県予選で、二位になったマラソン選手の高校生。岡山の私大の大学院で「総合学術研究科」の博士課程にいる学生。何処かの市立病院の外来の准《じゅん》看護師。温泉宿の女将《おかみ》。税理士。全日本磁器協会の明石《あかし》支部長。「ＩＴコーディネイター認定者」なる者。……何度も繰り返すうちに、それらの職業もみんな覚えてしまった。彼女自身も、勤務先の中学校のホームページに「社会科教諭」として名前と簡単なプロフィールとが掲載されていたが、無論、それだけだった。

この人たちの何人かは、同じように自分の名前を検索してみて、中学校教諭の〈吉田希美子〉を、画面の中に発見しているのかもしれない。もうずっと長い間、その人にとって、その周りの人たちにとって、〈吉田希美子〉とは、自分のことではなくて、その人のことだったのだ。そうして人が、〈吉田希美子〉という名前を耳にして、思い出す顔が全国にこれだけある。いや、この何倍もある。その顔は、皆のっぺらぼうだったので、彼女にはまるで自分と同じ姿の分身のような〈吉田希美子〉が、互いに他人のまま、各地でそれぞれの生活を営んでいるように想像された。そんな空想が、雲がちぎれるようにして、退屈な物思いの端からゆっくりと離れて脳裏を過《よ》ぎった。

小学生の頃、当時マスコミを賑《にぎ》わわせた有名な幼児誘拐《ゆうかい》殺人犯と、同姓同名の同級生がいた。その生徒は、男の子たちから「殺人鬼」と綽名《あだな》をつけられ、その件で二度も学級会が開かれた。もしこの中の誰か一人が、人を殺したとしたら、自分も同じように、勤務先の生徒たちから揶揄《やゆ》されるだろうか？　もう何年も会ってはいない、小学校や中学校の同級生たちは、一瞬それを、あの〈吉田希美子〉のことだと思うだろうか？　それが噂を呼んで、何時か自分は、人々の中で、そう誤解されたまま、一生を過ごすことになったりはしないだろうか？……

そうした時間の足場には、崩れやすい場所が沢山あった。〈吉田希美子〉は、踏み締めたところが悪く、つい足を取られてしまったというように、生徒指導で必要だからと、「お気に入り」のリストに入れたままになっていた「出会い系サイト」に、次第に興味を惹《ひ》かれていった。

彼女が抵抗なく、再びここを訪れることが出来たのは、既に一度、煩瑣《はんさ》な会員登録を済ませていたからだった。試みに入力してみたメンバーＩＤとパスワードとが、まだ失効していなかった。

「純愛倶楽部《クラブ》」という名前のこのサイトで、〈吉田希美子〉は、〈ミッキー〉という「ニックネーム」を登録していた。これは彼女が生まれて初めて用いた一種の偽名だった。本名とは無関係の名前をと考えながら、結局、そう遠くへは離れることが出来なかった。「キミコ」という音が「ミッキー」と転倒したのは、高校時代に凝っていたアナグラムの影響だった。

会員登録の際に記入しなければならなかったプロフィール欄には、次のようなデータが残されていた。

名前／ミッキー　年齢／30歳　地域／滋賀県　身長／162cm　体重／ヒミツ
オッパイ／中くらい　性感帯／首筋　職業／その他　好みのセックス／ノーマル
体型／普通　経験人数／片手に収まるくらい　コメント／初めまして。ご近所の方、メール待ってます！

これらの個々の表現は、空欄に表示される複数の語の中から選択されたもので、彼女自らが具体的な文句を考え、記入したというわけではなかった。「年齢」や「身長」については、彼女本人の数字である。「性感帯」や「好みのセックス」といった項目は、そこを埋めねば会員登録が先へと進めない仕組みになっているので、仕方なく、一番控え目なものを選んでおいた。「コメント」も、例文として予《あらかじ》め書かれていた通りのものだった。

放っておいた間に、三人の男からのコンタクトがあった。彼女がサイトにアクセスしたのは、一度きりだったが、それらはいずれもプロフィールを掲載して数日以内に送信されたものである。

一人は、次のようなメッセージだった。

「最近引っ越してきたばかりで、毎日、さびしくしてます。マジメなおつきあいを希望してます。まずは軽く、お茶でも飲みませんか？」

残りの二人は、単刀直入に性的な関係を求める内容であった。

「セフレになってくれませんか？　あっちの方は自信があります。43歳ですが、アソコも大きくて、かたいです。返事待ってます！」

「妻とのHはどーにも……割り切り、秘密厳守で気持ちいーことしませんか？　住んでる場所と待ち合わせできる場所、教えてください(^^)」

以前に、生徒指導のためにとサイトを閲覧した時にも、男性のプロフィール欄で、こうした言葉を多く目にしていたが、それが直接、自分に向けられているのを見ると、印象はまた別であった。何処まで本気なのだろうかと彼女は訝《いぶか》った。最初のものはともかく、あとの二つはどういうつもりなのだろう？　こんなあけすけな求めに応ずる女がいるのだろうか？　結局は、こんな風にしか異性に語り掛けることが出来ず、一切異性と関係を持てない人がここに集っているのではあるまいか？　それとも、こんな呼び掛けが、ここでは当然なのであろうか？

自分から他のあらゆる属性が捨象《しゃしょう》され、ただ一個の性欲の対象として求められているという事実が、〈吉田希美子〉を動揺させた。それは、彼女がこれまで、一度も経験したことのない異性からの眼差だった。しかも、それが正確に向けられているのは、彼女本人ではない。ネットの世界に、彼女が自分の代理として置いた〈ミッキー〉という固有名詞と、それに付随した幾つかの言葉の集合である。

この時、ネットの世界に転げ落ちたこの〈ミッキー〉が、自分のかけらであるか、それとも自分とはまるで無関係だが、自分に似た何かなのかが、〈吉田希美子〉には分からなかった。しかしともかくも、自分のような何かだと感じていたことは確かだった。

この二通りのアプローチのうち、〈吉田希美子〉が心惹かれたのは前者だったが、〈ミッキー〉に呼び集められるのは、後者でしかなかった。

〈吉田希美子〉は、「マジメなおつきあい」を望んでいた男に対して、すぐに返事が出来なかったことを心残りに感じた。初めは、少し残念に思う程度だったが、一日経《た》ち、二日経つと、段々とそれが気になり始めた。以来、この男からのコンタクトはなく、参加男性のプロフィールが一覧として掲載されているページに行っても、同じ名前は見つからなかった。

自分ではない、他の誰かと彼は会ったのだろうか？　そしてその人と、今頃は楽しくドライヴをして、食事をして、色々な相談に乗ってもらって、夜は二人で仲良くベッドに寝転がっているのかもしれない。偶然か、或《ある》いはまた、それがどの程度、彼女の行動に影響を及ぼしたかは定かでないが、丁度訪れた生理の間、彼女は殆《ほと》んど、その下腹部の苦しみを、見も知らぬ男女への嫉妬《しっと》と奇妙に混同してしまった。

仕事から帰ると、何よりもまずパソコンの前に座って、〈ミッキー〉宛《あて》に、何かメッセージが届いていないかを確認した。自分からプロフィールを掲載している男に対してメッセージを送っても良かったはずだが、彼女がそれをしなかったのは、偏《ひとえ》に自信がなかったからだった。求めて応じてもらえるという希望を彼女は持ち合わせてはいなかった。しかし、求められる可能性は、既に三人が証明していた。

ほどなく〈吉田希美子〉は、プロフィールを掲載している他の女たちに比して、〈ミッキー〉が、いかにも魅力に乏しいことに気がついた。元々、ただ会員登録さえ出来れば好《よ》いという程度の考えしかなかったから、それは当然のことだった。この時も、彼女にとって〈ミッキー〉は、自分とも架空の人物ともつかぬ曖昧《あいまい》な存在だったが、何にせよ、〈ミッキー〉の魅力によって、男たちが自分にまで辿《たど》り着くことを期待していた。〈ミッキー〉がそのために、正確に自分自身である必要はないように感じた。どうせ、ネットの中のことである。本気で彼らに会いたいとまではまだ考えていなかったし、ただ自分がプロフィールを掲載しているということに対して、無視せず反応して欲しいというだけだった。

彼女は早速、他の女たちのプロフィールを参考にして、〈ミッキー〉のそれを書き改めた。「体重」は、「ヒミツ」から、実際よりも3kg軽い「49kg」と書き改められた。更に、「オッパイ」は「中くらい」から「美乳」へと、「体型」は「普通」から「ナイスバディ」へと変更された。そして、「コメント」欄には、自分の言葉で、「しばらくカレシがいなくて、淋《さび》しくしています。一緒にたのしい時間を過ごしてくれる方、連絡待ってます。近郊の方だとうれしいです！」と書き直した。〈吉田希美子〉は、それを書く間、ずっと笑っていた。「美乳」だとか、「ナイスバディ」だとかいった言葉が、冗談のようでおかしかった。「カレシがいなくて、淋しくしています」というステレオ・タイプも、いかにもという感じで、まるで自分が、こういう場所に書き込みをする女という役柄を演技しているような気分だった。

その一方で、彼女の中には、長らく胸に押し留めていた思いを、初めて吐露する喜びもあった。彼女は、かつては自分のコンプレックスだった大きな胸を、今では秘《ひそ》かに自慢に思っていた。男と体の関係を持ってからというもの、その単純な二つの脂肪の袋が、どれほど彼らを魅了するかを、彼女は発見していた。きれいだと体を褒められると無性にうれしかった。そして、そうしたことのあったあとには、街を歩くのが誇らしかった。擦れ違い様に人目を感じる。それは男たちばかりではなく、却《かえ》って女の方が、遥《はる》かに敏感に、遠慮なくその視線を投げ掛けてきた。自分は、同性の他の人よりも恵まれている。昔はその大きさを持て余し、もっと慎ましやかで、もっと目立たない胸に憧《あこが》れていたが、今では一緒に温泉に行っても、海に行っても、「俎板《まないた》よ、わたしなんて！」と自嘲《じちょう》する友人の前で、彼女は遠慮がちな優越感を感じた。無論、正面切って、それを自慢することなど出来なかった。彼女の大人しい性格を気遣って、働き始めてから知り合ったような人たちは、たとえ酒の場であっても、その胸のことについて触れたりはしなかった。恋人がいて、その彼が褒めてくれるのであれば、別に誰に自慢しなければならないということもなかった。しかし、そうした機会から、あまりに長く遠ざかっていたから、彼女は時々、浴室の鏡の前で乳房を揉《も》んでみては、その豊かさを自分で確認するしかなかった。そうした時、鏡の中で蠢《うごめ》く手は、何処《どこ》か他人のもののようであった。

プロフィール変更の効果はすぐに出た。翌日が祭日であったせいもあるが、日中独りで買い物をし、その後、数名の同僚と待ち合わせて夕食を共にしたあと、自宅に帰ってパソコンを立ち上げると、「純愛倶楽部」の〈ミッキー〉のボックスには、早速五件ものメッセージが届いていた。

〈吉田希美子〉は、画面の前で思わず目を見開いた。恐る恐るといった手つきでマウスを動かし、ボックスをクリックすると、名前の一覧が表示された。どれも、以前の三人とは別である。中に同じ男の重複があったので、実際には四人からのコンタクトであったが、驚きに変わりはなかった。

食事の際に、少し飲んでいたせいもあって、彼女は何となく陽気だった。普段人前ではあまり見せないような照れ笑いに似た表情を浮かべた。そして、マウスのクリック音をカチカチと立てながら、メールを一つずつチェックしていった。

四人中二人は、はっきりと性的な関係を申し出ていた。残りの二人のうち、一人は、いわゆる「交際」を求めていたが、わざとなのか、迂闊《うかつ》なのか、「好みのセックス」の欄に「レイプ」と書かれていたので、彼女は身を仰《の》け反らせた。もう一人もやはり「交際」を求めていたが、それに続けて申し訳なさそうに、三十五年間、一度も異性と付き合ったことがないと書いてあった。

軽い失望と、吹き出したくなるような気持ちとが、曖昧に入り混じっていた。やっぱり、こういうところに自分から出入りしている人たちはおかしいのだと彼女は思った。彼女は違っていた。ここに足を踏み入れるようになったのは、仕事上の義務からである。そしてただ、その序《つい》でに、好奇心半分でここに集う男たちを観察しているに過ぎなかった。少なくとも、そんな風に自分を納得させていた。

彼らから完全にその存在を無視されている間、彼女はやはり不安だった。彼らが世間一般の男たちそのもののように思われて、〈ミッキー〉を通じて、自分がすっかり見透かされているように感じていた。それが、この四通のメールによって変わった。彼女は、彼らが、樹液に群がる虫のように、〈ミッキー〉の「美乳」や「ナイスバディ」に誘われ、集まり寄ってきたことを知っていた。しかも、そのメッセージは、性欲というより、何処か食欲的なそうした卑《いや》しさに相応《ふさわ》しく、恥も外聞もなかった。彼女は彼らを眺め、値踏みする余裕を得た。そして、どれにも飽き足らない自分を発見した。

〈吉田希美子〉は、その四人の誰にも返事を書かなかった。選ぶ側は勿論《もちろん》、選ばれる側よりも優位に立つものである。その感覚が彼女には新鮮であったし、それ故《ゆえ》にもう少し待ってみたい気になった。改めてプロフィールを読み直して、彼女はまた、悪ふざけのようにして「性感帯」の欄を「乳首」に書き換えた。そうして彼女は、また一つ、自分の秘密を〈ミッキー〉に託して公開する悦《よろこ》びを味わった。

それから一週間の間に、更に四人の男からメールが届いた。それに、前回直接、「セフレ」になってほしいと書き寄越してきていた男の一人が、明らかにコピーとペーストとで方々にばら撒《ま》いている風のメールを送ってきたので、手にしたのは計五通だった。

何時《いつ》届くか分からないということが、彼女から生活の落ち着きを奪ってしまった。授業中、生徒に問題を解かせている間にも、彼女は〈ミッキー〉のことが気になった。今頃、誰かが〈ミッキー〉を見つけて、メールを書いているところかもしれない。そう思うと、どうしても我慢出来なくなって、休憩時間に、トイレで携帯電話から「純愛倶楽部」にアクセスした。それが、次第に頻繁になって、一週間もする頃には、日に二三度になっていた。

〈吉田希美子〉は、そうした毎日に、今度は耐えられなくなってきた。そして、それを終わらせたいという理由で、一度だけ、誰かに会ってみようという決心をした。あからさまに性的な関係を求めて来た者は除くことにした。すると、二人候補が残った。どちらもプロフィールの内容は殆ど同じで、「好みのセックス」欄は「ノーマル」、「経験人数」欄は「片手に収まるくらい」としてあった。「年収」という男性だけに設けられている項目では、一方が３００万円以上、他方が１００万円以上となっていた。年齢は、前者が三十五歳、後者が四十一歳である。更に前者には、顔の上半分だけが隠された顔写真がついていた。それが、悪くはなさそうに見えた。

何度も書き直して、緊張しながら〈吉田希美子〉は、〈ミッキー〉からの返事をその前者である〈ミッチー〉という男に送った。これが、即《すなわ》ち〈片原盈〉であった。

# 9　始まり

何度か携帯電話で直接メールの往復をした後、一度も声も聴かないまま、二人はすぐに会う約束をした。そこに至るまではまったくスムーズだったが、具体的な場所と日時とを決めたあと、〈吉田希美子〉は俄《にわ》かに不安に襲われた。〈ミッキー〉と自分とが、果たして一致しているのかどうかが、今更のように心配された。待ち合わせ場所に現れた自分に、相手が騙されたというような顔をしたならば、どうしようと、心細くなったのである。それが昂《こう》じて、寧《むし》ろ相手が、想像していたよりも少し落ちる程度であってくれればいいと考えたりした。それならば、お互い様である。この不安は、彼女のその後の行動に決して小さくはない意味を持つこととなった。

〈吉田希美子〉と〈片原盈〉とが初めて会ったのは、丁度、ヴァレンタイン・デーのあとの最初の週末だった。彼女はこの時、既に〈片原盈〉から、二月十四日には誰からも何も貰《もら》えなかったと知らされていたので、バッグにチョコレートを詰めていって、気に入った相手だったら渡そうと心に決めていた。

　夕方、駅で待ち合わせ、携帯電話で場所を確認し合って、初めて相手の声を聴いた二人は、その数十秒後に、電話を構えたままの格好で5m程先のお互いの姿を認めた。〈吉田希美子〉は、予《あらかじ》め告げていた通り、黒いウールのコートを着ており、〈片原盈〉は黒いダウンのジャンパーにジーパンという出《い》で立ちだった。

　一見して、〈吉田希美子〉は、悪くない印象を持った。顔は、写真で見たよりも劣っている気がしたが、それで却《かえ》ってホッとしていた。背は170cmほどであろうか。痩《や》せていて、真ん中で分けた髪は少し茶色かった。〈片原盈〉の方は、〈吉田希美子〉の容姿を一瞥《いちべつ》し、下を向いて携帯電話をセカンド・バッグに仕舞い込みながら、「ウソやろ、……ブスやんけ。」と小さく舌打ちをした。それでも、コートの前を押し開き、ニットの赤いセーターに包まれて張り出したその胸の大きさには目を奪われて、『まあ、エエわ、一発ヤッとこか。』と、今度は声に出さずに呟《つぶや》いた。

　駅から歩いて十分程のところにある商店街横の居酒屋のチェーン店で、二人は二時間半程を飲み食いして過ごした。〈片原盈〉は酒が強かった。〈吉田希美子〉は、さほどでもなかったが、彼の注文の度に、「お客様は何かよろしかったでしょうか？」と店員から尋ねられているうちに、二度に一度は新しい飲み物を頼んでいたので、気がつけば、かなりのグラスを空けてしまっていた。緊張から喉《のど》も渇いていた。わざとではあるまいが、〈片原盈〉の注文する食べ物は、辛いものが多かったので、自然とグラスを傾ける回数も増えていった。それに、話題の乏しい彼女は、会話が途切れると、何時《いつ》もグラスで口を覆《おお》っていなければならなかった。今、飲んでいるから。――沈黙が訪れる度に、彼女はそう言い訳をしているようだった。

二人の会話には、携帯メールの絵文字のように、所々に笑顔が貼《は》りつけられ、相手への同意は、感嘆符が打たれたように大袈裟《おおげさ》だった。ああいうサイトを利用するのは初めてだという話から始め、あそこに集っていた他の男女がいかに異常だったかを笑い合って、自分たちは違っていた、だからお互いを選んだのだと顔を見合わせて頷《うなず》いてみせた。それから、それぞれの経歴を話し、今、恋人がいないということを、笑いに紛れさせてさり気なく確認し合うと、話はもう尽きかけていた。卓上には、所狭しと皿や器が並べられていたが、そこに食べ残して冷たくなった料理と同じく、既に手を着けられた幾つかの話題は、今更口にすることも出来ず、言葉が枯れ始めると、周囲の喧噪《けんそう》ばかりが二人の間で幅を利《き》かせた。〈片原盈〉の吐き出す煙草《たばこ》の煙が、だぶついた時間を物憂《ものう》げに漂った。

会話は、必ずしも弾んだわけではなかった。しかし、と言おうか、だから、と言うべきか、店を出た二人は、そのまま、〈片原盈〉の車で近くのラブホテルへと流れていった。

〈吉田希美子〉は、自分が面白くない女だと思われることを、些《いささ》か過剰に危惧《きぐ》し始めていた。彼女は、〈ミッキー〉になろうとしていた。相手の男は、まさしく〈ミッキー〉を求めてきたのである。そして今、彼が不満足であるとするならば、それは彼女が、〈ミッキー〉ではなかったからだった。彼女には、そのことが怖ろしかった。〈ミッキー〉は、あのネットの世界で、多くの男たちにとって魅力的だった。彼女はその眼差《まなざし》が、〈ミッキー〉の奥に、自分自身を透かし見ていることを秘《ひそ》かに願っていた。〈ミッキー〉が備えているあらゆる特徴は、〈吉田希美子〉のものであった。今もし、〈片原盈〉が、さもつまらなそうな顔で彼女の前を去るとするならば、それは彼が、〈ミッキー〉という嘘を吐《つ》かれていたと感じていることであった。そして、あとに残るのは、日々、誰からも特別に顧みられることなく、地味で平板な生活を送っている〈吉田希美子〉本人だった。

〈ミッキー〉の「体型」が「ナイスバディ」であるとか、「オッパイ」が「美乳」であるとか、「性感帯」が「乳首」であるといった特徴は、確かに〈吉田希美子〉に由来していた。しかし、それをそんな風に公言出来るというのは、〈吉田希美子〉の性格ではなかった。少なくとも、これまで彼女が、そうした行為に及んだことは一度もなかった。彼女が今、漠然と欲していたのは、そういう〈ミッキー〉と一致することであった。人前で、あっけらかんと性体験の人数を語り、性感帯の位置を明かし、自分の肉体を誇示する女――そういう女は、出会ったその日に、さほど深い考えもなく、簡単に男と関係を持つものではあるまいか？　そんな風にして〈ミッキー〉を演じるフリをしながら、彼女は、自分の中にあるそうした一面を発見し、露《あら》わにしたい願望に知らず識《し》らず先導されていった。

それに、〈片原盈〉との関係は、〈吉田希美子〉の生活とは、一切関わりを持っていなかった。ここでのことは、誰にも知られることなく、誰に影響するわけでもない。そんな考えが、何度となく説得するようにして彼女の頭を掠《かす》めていた。

〈片原盈〉の方はというと、勿論《もちろん》、最初はただその体目当てだった。この目的のために、彼は常に極めて忍耐強く、あらゆる物事に対して寛大だったので、〈吉田希美子〉のいかにも男に不慣れな様子に接しても、その程度で臍《へそ》を曲げて帰るようなことは絶対になかった。たとえ女に足蹴《あしげ》にされようとも、いずれその体を自由に出来るのであるならば、彼は決して怒りを面に表さなかったであろう。最後には、女は完全に彼の意のままとなり、そこに至るまでの二人の関係も、単なる仮初めのものに過ぎなかったことが明らかになるのである。寧ろ一時、屈辱に甘んじていた方が、その興奮はいや増すようにさえ思われた。

彼は、コートを脱いで、いよいよ重たげにその在処《ありか》を目立たせるようになった〈吉田希美子〉の胸を、食事の間中、隙《すき》を見つけてはずっと眺めていた。彼が、女の大きな乳房に対して抱く特別の欲情は、「巨乳」という俗語に潜む侮蔑《ぶべつ》的なニュアンスをかなり正確に探り当てていた。彼は〈吉田希美子〉の胸を荒々しく揉みしだき、舐《ねぶ》り回したかったが、彼の興奮はその感触にあるのではなく、その形や揺れが、彼女にとって不如意であることにこそ存していた。

性交に際しての〈片原盈〉の楽しみの一つは、仰向けになった女の胸の上で、二つの乳房が、伝えられた体の動きを身勝手に模して、上下左右に鈍重に揺蕩《たゆと》う様を眺めることだった。彼はその、所有者である彼女自身にとっての手に負えない感じ、ままならない感じに激しく興奮を掻《か》き立てられた。それは女の一部でありながら、女の自由にはならなかった。寧ろ彼が激しく腰をぶつける度に、その彼の動きに従って揺れ、彼の乱暴にまさぐる通りに形を変えた。だから〈片原盈〉は、他方で引き締まった、平板な女の胸を嫌悪《けんお》していた。それは固く閉ざして彼を拒絶し、完全に女自身によって所有されている感じがした。そうした体に接すると、彼にはそれが、自分に対する世間一般の女の態度のように感ぜられて、裸となって身を委《ゆだ》ねられていても、その肉体の内側に、常に密《ひそ》やかな嘲笑《ちようしよう》の響きを聞く心地がした。

〈片原盈〉が、〈吉田希美子〉をどうしても我がものとしたいと欲したもう一つの理由は、彼女が教師であると知ったからだった。〈吉田希美子〉は、最初自分の職業については、伏せておくつもりだった。教師が「出会い系サイト」を利用しているということを、彼女は心の何処《どこ》かで後ろめたく感じていたし、それに万が一、後でこの関係が職場に影響を齎《もたら》すようなことがあれば、大変だとも思っていた。しかし、会ってまだ殆《ほとん》ど時間も経《た》たないうちに、彼女はあっさりとこれを白状していた。〈片原盈〉の語り口には、何かポトラッチ的な強要があった。彼は、こちらがまだ何も訊《き》かないうちから、一方的に自分の経歴を語り、それ以上の情報を、いわば信頼の証《あかし》として相手が語ることを待った。

「仕事は何なん？」といかにも気軽に彼は尋ねた。

〈吉田希美子〉は、「えっ？」と一瞬、戸惑う様子を見せたが、既に訊いてしまった彼のプライバシーを今更返すわけにもいかなかった。相手はもう、市役所の職員だと身分を明かしてしまった。そのあとで、こちらが何も言わずにいることが出来るだろうか？

「公務員です。」という彼女の答えに対して、〈片原盈〉は、「公務員？」と眉《まゆ》を釣り上げ、「何なん？」と更に具体的に問うた。そして、彼女の顔をじっと眺めた後、突然、思いついたという風に、「もしかして、先生とか？」と様子を探った。彼女はそれを否定することが出来なかった。「……えっと、……そうです。」と頷くと、学校名だけはどうにか誤魔化して口にしなかったが、中学校の教師であることを初め、担当教科や担当学年などについて、求められるがままに皆喋《しゃべ》ってしまった。——

〈片原盈〉が、「学校」に対して恨みを抱くようになったのは、何時からだったであろうか？　彼は大学に行っていないため、「学校」とは即《すなわ》ち小中学校及び高校のことだが、取り分け小中学校に対しての思いは、憎悪と言って良かった。しかし、これが自覚されたのは、案外、〈吉田希美子〉と出会ってからのことであったかもしれない。

それまで〈片原盈〉は、ただ漠然と、子供の頃には、良い思い出がなかったと感じていたに過ぎなかった。学校が嫌いだったし、友人も殆どいなかった。教師に可《か》愛《わい》がられたという記憶もなく、陰湿なイジメにも遭っていた。しかし、それが今現在の不遇の原因として探り当てられたのは、寧ろこの頃からである。

両親に対しては、早くから嫌悪を感じていたが、同居を続ける中で、何時しか暴力によって彼らの服従を得ていたから、鬱屈《うっくつ》した思いが注ぎ込まれるには器が小さかったし、いっぱいになれば、罵倒《ばとう》し、殴りつけることで簡単にそれを発散することが出来た。今でも彼は、両親と同居していたが、高校卒業と同時に敷地内に別棟のプレハブ小屋を建てさせ、そこを住まいにしていたので、食事を届けさせる他、顔を合わせることは殆どなかった。

しかし、学校時代の記憶は、彼にとっては取り返しのつかないものだった。〈吉田希美子〉と出会ってからというもの、彼は頻《しき》りに子供の頃のことを考えるようになった。そうして思い出すのは、イヤなことばかりである。教師といっても、今の彼からしてみれば、そう大して年齢の変わらない者が多かった。それに気がつくと、また無性に腹が立ってきた。歪曲《わいきょく》された記憶もあったが、公正に見ても、なるほど理不尽と言わざるを得ない仕打ちもあった。小学校五六年時の担任の女性教諭は、あからさまに〈片原盈〉を嫌っていた。一度彼は、全校生徒の集まる朝礼の時に、鼻血が出るまで殴り続けられたことがあった。その理由は前に倣えの仕方が横着だというものであった。

あの時、どうして外の教師は、それを見て何も言わなかったのだろう？　生徒の中にも、一人くらい抗議する者があっても良かったはずだった。どいつもこいつも、オレを毛嫌いしていた！　彼は、自分の性格の歪みを自覚していたが、その原因は、あんな腐った学校に行っていたせいだと急に思いつめるようになった。

しかも、教師といったって、裏ではこんなことをしてやがるんだ！

〈吉田希美子〉を抱く〈片原盈〉の胸中には、何時でも複数の思いが交錯していた。何時ものように、彼はその姿に、女の本性を暴《あば》き立ててやったという満足を得ていた。しかもそれが、社会が、そうした淫《みだ》らさからは最も遠いと信じている——信じようとしている職業の女であればこそ猶更《なおさら》だった。そして、快楽に身悶《みもだ》えする彼女の髪を摑《つか》み、その顔に射精して、精液塗《まみ》れにしたあとでは、復讐《ふくしゅう》を果たしたような気分で、「ざまァみろ、……」と胸の裡《うち》で呟いた。しばしば、彼はその際、眼鏡を掛けさせ、その汚れを指先で擦り込むようにして塗りつけた。そして、そのままの状態でもう一度性器を彼女の口の中に捻《ね》じ込んだ。

同時に、彼は確かに、受け容れられた悦《よろこ》びをも感じていた。〈吉田希美子〉の大きな乳房は、すぐに彼には手放せないものとなったが、その乳首に吸いついて、執《しゅう》念《ね》く舐《な》めしゃぶる姿には、時に殆ど幼児めいたがむしゃらさがあった。

二人は、県道沿いにある、ヨーロッパの古城を模したピンク色のラブホテルで、この時翌朝まで一緒に過ごしている。

建物の背後には低い山が迫り、前には広々と水田が広がっていた。

〈片原盈〉の車で仄暗《ほのぐら》いホテルの駐車場を出る時、〈吉田希美子〉は、フロント・ガラスが押し広げた目隠しの先に、枯れた田圃《たんぼ》が、水を張ったように朝日に明るく輝いているのを認めた。目を庇《かば》おうと、思わず顔を伏せた彼女に、〈片原盈〉は、「誰もおらへんわ。」と、明け方、化粧を直しに立った彼女が、思い出したかのようにバッグの中から取り出し、手渡したチョコレートを口の端につけたまま、ニヤニヤ笑っていた。

彼女はつと顔を上げた。そして、頬に片手を宛《あて》がうと、きょとんとした目で、改めて周囲に視線を巡らせた。

# 10 肉体関係

「肉体」とは、「肉」というマテリアルへの着目である。「身体」は、「身」であるのだから、もっとトータルな概念であろう。「精神」と「肉体」とは言うが、「精神」と「身体」とは言わない。「霊」と「肉」とは言うが、「霊」と「身」とは言わない。「肉体」とは、二元論の産物であり、最初からバタ臭いものである。「身体関係」とは言わず、「肉体関係」と言うのには、抹香臭い意図があったに違いない。性交とは、同種だが異なる二つのマテリアルが、混ざり合おうとして混ざり合えない一連の作業である。人間とは、何時《いつ》もその失敗したマテリアルを、不思議に満ち足りた気分で持ち帰るおかしな存在である。勿論《もちろん》、普段はそれを隠しておくのであるが。

〈吉田希美子〉と〈片原盈〉とは、その後、殆《ほとん》ど毎週末を共に過ごし、多い時には週に二度三度と会うこともあった。当然、その度に必ず体の関係を持った。最初は、専《もっぱ》らラブホテルを利用していたが、何時しか彼の方が、彼女のアパートに入り浸るようになった。それでも、互いの関係を言葉で確かめ合ったことはなかった。〈片原盈〉は勿論のこと、〈吉田希美子〉でさえ、大学時代の友人から、電話で「カレシ、出来た？」と尋ねられると、「ううん。」と応《こた》えていた。その馴《な》れ初《そ》めのせいばかりではなく、長く一緒にいればいるほど、彼女は、〈片原盈〉の存在を人に知られることが恥ずかしくなった。

関係を持ち始めてまだ間もない頃、〈片原盈〉は、やや唐突に、「オマエ、生理、重いやろ？」と言ったことがあった。丁度、ホテルを出る時間になって、服を着ている時のことだった。〈吉田希美子〉は驚いて、「え、……何で分かるの？」と振り返った。彼は彼女に関東弁を直させなかった。東京の女を犯しているという感覚が彼を満足させ、彼自身もテレビやマンガの影響で、時折そのセリフのような口調になった。何度も彼女は自分の出身が埼玉であることを話していたが、彼はその違いがよく分かっていなかった。

煙草《たばこ》を吸いながら、〈片原盈〉は、さも得意げに言った。

「分かんねん。」

そして、彼女が猶《なお》も答えをせびるのを待っていたが、当惑するばかりで、一向にその素振りを見せないので、幾分苛立《いらだ》たしげに、

「教えてやろうか、何で分かるか？」と自分から口を開いた。

彼女は小さく頷《うなず》いた。

「生理の重い女ほどな、感じやすいねん。」

「……そうなの？」

「おォ、ホンマやで。」

そう言うと、〈片原盈〉は、得意気に続けた。

「生理言うんも、ホルモンのせいやからな。セックスと関係しとんねん。乳デカいんもそれでやな。知らへんかったんか？」

「……うん。」

「オマエ、ヤッた男に言われるやろ、感じやすいって？」

「……」

「さっきも、めっちゃデカい声で喘《あえ》いどったで。絶対、隣の部屋にも聞こえてるわ。」

「……うそ、」

「ホンマやって。めっちゃスケベな声出しとったで。」

そう言うと、〈片原盈〉は、眉間《みけん》に皺《しわ》を寄せながら、さも美味《うま》そうに、口を窄《すぼ》めて煙草を吸った。赤い火が暗がりの中で膨らんで、先端から灰が零《こぼ》れ落ちた。

生理との因果関係に関するその説はともかく、〈吉田希美子〉の性行為中の声は、実際に、これまで〈片原盈〉が関係を持ったどんな女よりも高かった。性器を舐《な》めると、じっとしていられずに全身で大きな反応を示した。その手応《てごた》えが、彼を夢中にさせ、飽くことなく求めさせた。

〈吉田希美子〉に、経験の乏しいことはすぐに察せられた。しかも、彼女自身が、〈ミッキー〉のような女という曖昧《あいまい》なイメージを手探りしていたので、〈片原盈〉に導かれると、半ば義務のようにして、忠実にその行為に従った。

二度目の性行為の際には、〈片原盈〉は、早速二個のバイブレーターを持参してきた。新品だと断っていたが、これはもう、彼が二年来使用してきた数個の中から選んできたものだった。彼は、女性器や肛門《こうもん》にそれらを挿入された女の姿に、殊《こと》の外欲情した。舌や男性器でさえ、愛の意味を帯びることが出来る。しかし、バイブレーターは、ただ性欲の満足のためにだけ製造された道具だった。女の肉体にそれが埋め込まれることは、いわばその意味が埋め込まれることである。そうして、その道具に完全に肉体を支配され、身悶《みもだ》えする姿を目にすると、彼は自身の性器をはちきれそうなほどに硬く勃起《ぼっき》させた。

〈吉田希美子〉は、最初これに動揺したが、すぐに説得された。「何でイヤなん？」と尋ねられると、「……恥ずかしいから。」としか応えられなかった。〈片原盈〉のことを恋人だと思っていたならば、彼女は、その要求の多くを退けていたかもしれない。しかし、〈片原盈〉は、インターネットの「出会い系サイト」を通じて知り合ったような男だった。二人の間には、過去もなければ未来もない。ただ現在という時間の物陰で、暗がりに紛れながら互いの裸を撫《な》で回しているに過ぎなかった。〈片原盈〉は、彼女の表向きの人生と何ら関係を有さず、〈片原盈〉と会っている彼女も、世間には一切認められていなかった。二人は厳密な意味で存在していなかった。〈吉田希美子〉は、殆ど何も意図することなく、羞恥《しゅうち》心を留保する方法を学んだ。恥ずかしいというのは、自意識の悪戯《いたずら》である。人は、それと知らず社会の期待する人間一般の姿を内に取り込んで、自分のあるべき姿としている。そしてそれと、一致しているはずの自分がうっかりずれてしまっているところを他人に認められると、恥ずかしいと感じるのである。

ところで、〈片原盈〉は、そうした意味で他人の資格を持っていなかった。彼女にとって、彼は固《もと》より社会とはまるで別の場所の住人だった。自分の痴態を彼に曝《さら》したとしても、そこから先に広がってゆくべき世界はなく、しかもその彼のいる場所では、痴態こそがいわば常態として当然のように受け容《い》れられていた。

加うるに、彼女は、そこで逸脱した自分を〈ミッキー〉という別人に委《ゆだ》ねていた。もし彼女が、〈ミッキー〉という固有名詞を所有していなかったならば、彼女の存在は〈片原盈〉の面前にまでだらしなく連続し、そこでの逸脱は、〈吉田希美子〉に羞恥の感情を引き起こさせたであろう。しかし、〈ミッキー〉という固有名詞は、逸脱した彼女を彼女自身から区別し、その意味で彼女を護《まも》っていた。〈ミッチー〉の棲《す》む世界は、あらゆる社会関係の真空であり、人のいない場所であり、〈片原盈〉と〈吉田希美子〉は、そこで存在しない〈ミッチー〉と〈ミッキー〉という二人の人間として淫《みだ》らに戯《たわむ》れ合っていた。しかも奇妙なことに、肉体はその存在しない二人によってこそ所有され、彼ら自身として出現し、日常に於いては〈吉田希美子〉

も〈片原盈〉も、それをないものとして完全に人目から覆《おお》い隠していた。

勿論、それが極自然に自覚され、実行されていたというわけでは必ずしもなかった。〈吉田希美子〉は、相変わらず、〈片原盈〉の前では〈ミッキー〉でいなければならないと感じていた。最初は躊躇《ためら》いや恥じらう様子も多く見られたが、〈片原盈〉のイライラした表情を認めると、まるで静電気に触れた手のように、素早くそうした態度を引っ込めた。彼女は依然として〈片原盈〉の失望を恐れていた。が、彼女自身と〈ミッキー〉との関係が整理され、一層明確に分化してゆくにつれ、寧《むし》ろ〈吉田希美子〉のあるべき姿の正確な反転として、〈ミッキー〉のあるべき姿が予感されるようになっていった。当然ではあるまいか？　もし〈ミッキー〉の振る舞いの最中に、〈吉田希美子〉が顔を出し、〈吉田希美子〉の判断ですべきこと、すべきでないことが決定されたとするならば、彼女は結局、〈片原盈〉の前でも〈吉田希美子〉のままだということになる。その時、〈片原盈〉に汚され、陵辱されるのは、〈吉田希美子〉である。だからこそ、彼女は、〈片原盈〉に、〈吉田希美子〉とは一切関係のない〈ミッキー〉を差し出した。〈吉田希美子〉は、何時も小声で話し、滅多に自分の意見を言おうとはせず、感情の起伏も少なくて、振る舞いは常識的であり、また凡《およ》そ色気というものからはほど遠かった。他方で〈ミッキー〉は、一度その体に触れられると、獣的な絶叫を怺《こら》えられず、快感を手繰《たぐ》り寄せるために、その要望を直接に言葉で伝え、高められた興奮を抑制することが出来ず、殆ど完全に無思慮であり得るほどに淫乱《いんらん》だった。

こうしたことが可能であったのは、言うまでもなく、〈吉田希美子〉にそれを望む気持ちがあったからに外ならなかった。

〈片原盈〉が指摘した通り、彼女に肉体的な快感が強くあったことは事実だった。それが人より甚だしかったとするならば、その理由は単純に生物学的なものである。強いて言えば、〈吉田希美子〉という有機体の、性的刺激を感受する機構が、他の個体に比して幾分余計に発達しているというに過ぎない。同時に、毎回一時間以上にも亘《わた》る〈片原盈〉の偏執的な愛撫《あいぶ》が、彼女に心地好《よ》く感ぜられたということも事実である。

彼女はそれを不思議と感じないわけではなかった。普段の〈片原盈〉は、何事も億劫《おっくう》がる質《たち》で、彼女の家に来ても、一旦《いったん》ベッドの上に居座ると、トイレに立つのを除いては、殆どそこから動こうともしなかった。腹が減っても、喉《のど》が渇いても、それをただ彼女に訴えるばかりである。しかし、性行為に際しては、決してその手間を惜しまなかった。彼が指や舌、それにバイブレーターを用い、延々と彼女の性器を弄《いじ》っている間、少なくとも彼に、直接的な肉体の快感はないはずだった。その間ずっと、性的な刺激を貪《むさぼ》っているのは彼女である。彼女は素朴に、そのことを訝《いぶか》った。彼女が〈片原盈〉以前に関係を持った二人の男は、いずれも寧《むし》ろその過程をおざなりに済ますのが常であった。〈片原盈〉の姿に、献身を思わせるような健気《けなげ》さはなかった。彼女を悦《よろこ》ばせるために、努めてそれらを行っているというのではない。ただ舐めたくて舐め、バイブを性器に出し入れしたくてしているといった風である。本格的な趣味はなかったが、時折、アダルト・ショップで購入した赤いロープを持ってきては、それで彼女を縛り上げた。そうした時には、行為は半日以上にも及んだ。

　バイブを目にした時もそうだったが、〈吉田希美子〉は、最初、〈片原盈〉がゴソゴソと鞄《かばん》の中から取り出したそのロープに怯《おび》えを感じた。身に危険が及ぶのではという直接の不安もあれば、何かそこで踏み留まらねばならないのではという不安もあった。しかし、〈片原盈〉は、ただ「何も怖ないわ。」とニヤつくばかりで、まるでそれに取り合わなかった。実際に、彼女が知る限り、彼に暴力的なところはなかった。そして、彼女を全裸にさせて、首からロープを掛けると、彼は自身も服を脱ぎ、性器を勃起させながら、額に汗し、蜂《はち》が巣でも作っているかのような熱心さで骨と筋肉とを拘束し、彼女の意志による動きを完全に奪って、ただ彼にのみ占有され、自由にされる乳房と性器とを強調した。そうして一個の女の肉体には、彼の欲望の踊り場がありありと姿を現した。

その間、〈吉田希美子〉は、時々少し体を捩《ねじ》ってみせる外は、言われるがままに足を開いたり、腕を上げたりして、その彼の作業に協力した。縛られるというのは、奇妙な感覚だったが、一度経験した後には、彼女はこれを好むようになった。一つには、その圧迫感に、単純な快感を発見したためであった。ゴールデン・ウィークに実家に帰省し、地元の女友達と一泊二日の温泉旅行に行った時、〈吉田希美子〉は、部屋に呼んでもらった指圧のマッサージを受けながら、ふと、アレに似ていると感じた。その発見を同室の友達に話したくて仕方がなかったが、無論、口には出さなかった。そして、その黙っているということに密《ひそ》やかな悦びを感じた。

適度な被圧には、確かに快感がある。しかもその窮屈さには、子供が机の下や衣簞笥《だんす》の中などに潜り込んだ時に感じる、一種の子宮の郷愁があった。不自由とは、もう随分と長い間、彼女が忘れていた感覚だった。彼女はそれを、胎児のように全身を丸められ、二個のバイブで性器を刺激されている最中に感じた。〈片原盈〉は、恥辱の湯の中に、幾度となく彼女の頭を沈めようとするかのように、自身の性器を咥《くわ》えさせたまま、卑語を吐きながら、相手の性器に激しくバイブを出し入れした。彼女は一切の身動きを奪われたその恰好《かっこう》のままで、産道を遡《さかのぼ》っているような窒息的な恍惚《こうこつ》を感じた。それは、殆ど我をも見失いそうな隷属《れいぞく》の苦痛の裂け目から、すっと忍び込んできた、何か麻酔のように中枢から浸透してゆく愉悦だった。胸の内側が溶け出し、心拍を響かせて頻《しき》りに揺らめいていた。それが続くと、今度は吐き気を催すほどの快楽に力を奪われていった。その懐かしさは、〈吉田希美子〉が、或る頃から密かに〈片原盈〉の姿に感じていた、幼児染みた遊戯的な夢中さの印象と曖昧に混ざっていった。

その行為が何であれ、彼女は、それほど長時間に亘って、一人の人間の関心が自分に於《お》いて持続し、自分の肉体が、その相手の手によって興味の対象として扱われ続けるという経験をこれまで一度もしたことがなかった。幼時に経験した両親との触れ合いでさえ、もっとずっと淡泊なものではなかったか？子供の頃には、時間を忘れて友達とじゃれ合っていたものだった。あの時もし、大人たちによってその終わりが齎《もたら》されなければ、その時間は何時《いつ》までもこうして延長していたのではあるまいか？……

そうして自ら玩具となって、その代償に快感を受け取った後には、〈吉田希美子〉は、やはり命ぜられてではあったが、半ば進んでその役割を交代した。

彼女の行為は、〈片原盈〉に比べれば、まったく控え目なものであった。専ら性器を撫で、顔に近づけられると新生児の口唇《こうしん》探索反射のように首を傾け、舐めたり、咥えたりしながら口でそれを刺激するのだったが、それでも彼女は自分がそうした技術に長《た》けてゆくことに悦びを感じていた。

勃起という男性器特有の現象には、それ自体に玩具的な面白味があった。〈片原盈〉と知り合うまで、彼女は、電気をつけたまま性行為をすることなど考えも及ばなかった。それを間近で目にしたこともなかったし、相手に愛撫を求められても、触れるか触れぬ程度で、どうして良いか分からないまま、何時も俯《うつむ》いてしまっていた。

〈片原盈〉は、そういう彼女に対して、一々、事細かに要求した。もっと舌を使えだとか、奥まで咥えろだとか、手を速く動かせだとか、先端を舐めろだとか、そうした注文をイライラしながら口走った。彼女はそのため、命令に従わされているという不遇な立場を名目に、見る見るその技術を上達させていった。

自分でも、想像だにしていなかったが、彼女は男性器をかわいいと感じるようになっていた。中学生の頃、兄が何処《どこ》からか手に入れてきた洋物のポルノ・ヴィデオを見つけ、独りでこっそりと見た時には、虫酸《むしず》が走るほど気持ち悪いと感じたはずだった。何が変わったのであろうか？ 男性器の反応は、〈片原盈〉のような横柄な人間のものであっても、何か無力な小動物のように、刺激に対して敏感で、無防備で、無邪気だった。最も遠くあるべき連想だったが、その微動は、時折、指先で触れてみた赤ん坊の腕のようにも感ぜられた。

人体の一部を、口の中に含むというような経験が、処女だった頃の彼女には、無論なかった。最初、それが性器であることに抵抗を覚えたが、実際に舌で触れてみると、寧ろそれが肉体の一部位であることの違和感の方が直接に感ぜられた。口づけをして、舌を受け容れた時には、さほどにも感じなかった他者の侵入を、彼女は強く意識した。それは肉体の、滑稽《こっけい》にも、殆《ほとん》ど不如意《ふにょい》に突き出した先端であった。奥に潜んで隠れていたものが、覚えず漏れ出てしまった。そんな内面性の温度と重量とがあった。

上手くなると、〈片原盈〉は、「おォ、……めっちゃエエわ、……」と声を発し、彼女の頭を撫でた。初めて射精にまで漕《こ》ぎ着け、口の中に精液を受けた時には、言い知れぬ達成感があった。〈片原盈〉は、両太腿《ふともも》を痙攣《けいれん》させながら、ベッドに横たわっていた。そして、「……あーあ、」と脱力したような声を漏らしたまま、しばらく天井を見つめていた。

〈吉田希美子〉は、処置に困って、口の中の精液をそのまま飲み込んだ。舌の上に、子供の頃、転んで擦り剝《む》いた膝《ひざ》の傷を舐めた時のような後味が残った。

# 11　はしたない趣味

〈吉田希美子〉の日々の生活に変化はなかった。当たり前のように出勤し、教壇に立って授業をし、その前後には様々な雑務を片づけた。しかし、春頃から、何度か同僚に、「最近、いきいきしてますね。」と言われ、「キレイになった。」とまで言われた。もっと直截《ちょくせつ》に、「カレシが出来たの？」と尋ねる者もあった。その度に、彼女は照れ笑いをしたり、「……いいえ。」と小さく首を振ったりしたが、うれしい反面、何時《いつ》、〈片原盈〉の存在が、彼らに露見するだろうかと不安を感じないわけでもなかった。

〈ミッキー〉であり得るということは、彼女にとって、思いも掛けない自信となっていた。性的に満足し、相手を性的に満足させられるということが、彼女の世間の見方を一変させた。しかもそれは、通り一遍の恋愛関係の中では得られないような、恐ろしくはしたない満足だった。

彼女は、胸を張って街中を歩いた。美しい女を見かけても、以前のように劣等感を覚えることがなくなった。自分は、ここにいる誰よりも、淫《みだ》らなことを経験している。しかも自分は、そうした淫らさからは最も遠いところで、きちんとした生活をしている。大抵の女は、人生のそのどちらか一方の面しか知らないだろう。真面目《まじめ》な人は、少し前までの自分のように、ただ月並みな性体験を持っているに過ぎない。世間で顰蹙《ひんしゅく》を買うような性体験のある人は、それに似つかわしいふしだらな生活を営んでいるに違いない。どちらも兼ね備えているという人が、この中に一体何人いるだろうか？……普段から、あまり分析的な思考の習慣のない〈吉田希美子〉は、言うまでもなく、こんなことをはっきりと意識して考えてみたわけではなかった。ただ、仮に彼女の心理を整理してみれば、凡《およ》そこういった内容であった。

学校に行っても、生徒たちがつくづく子供に感ぜられて、生意気なことを言われても腹が立たなくなった。年配の教師に小言を言われても、それが胸の内で、以前ほど深い場所まで届かなかった。

こっそりと、人が知らないことを知り、人がしていないことをしているということ。そうした意識が、彼女にこれまで知らなかった類《たぐい》の優越感を感じさせた。

その興奮は、〈片原盈〉と始めた新しい遊びによって、一層高められることとなった。

〈片原盈〉と〈吉田希美子〉とは、前述の如《ごと》く、当初は専《もっぱ》ら密会の場としてラブホテルを利用していたので、部屋によっては、性交中の二人の姿が、天井に設《しつら》えられた鏡に大映しになることもあった。〈片原盈〉は、これを殊《こと》の外好んで、〈吉田希美子〉にも、直視するようにと命じたが、目の悪い彼女は、ただ漠然と、白いシーツの上に、肌色の塊が蠢《うごめ》いている様しか確認出来なかった。

実は〈片原盈〉は、何度か彼女に内緒で、鞄《かばん》の中にヴィデオ・カメラを仕掛け、二人の行為を録画しようと試みていた。しかし、そのいずれの機会も、レンズの位置がズレたり、空調の雑音を拾ったりで、うまくいかなかった。したいと思えば、何時でも実際の行為が可能であったにも拘《かか》わらず、彼はどうしてもそれをヴィデオに撮って所有していたかった。ただ持っていて、繰り返し見たいというのもあったと同時に、それをネット上で公開し、人に見せたかったのである。

何度か〈片原盈〉は、風俗嬢やテレクラで知り合った女に行為中の撮影を頼んだことがあったが、色好《いろよ》い返事を貰《もら》えたことはなかった。彼女たちの中には、同じ中し出を、同じ形で知り合った別の男に対しては許可した者もあったが、〈片原盈〉に自分の裸をずっと所有されていると思うと、たとえ体を許したあとでも、何となくゾッとするような気分になった。それは要するに、彼の雰囲気であり、印象だった。

そうした経緯も手伝って、〈片原盈〉が、これを〈吉田希美子〉に願い出るためには、意外にも三ヶ月以上の時間が必要だった。〈片原盈〉は、なるほど、〈吉田希美子〉の性欲によって飼い慣らされた従順さを甚《いた》く気に入っていたが、それこそが女の本性だと信じていた彼は、他面、或《あ》る日突然、彼女が舌を出して、彼を罵《ののし》り、これまでおつきあいでしていたことがすべて嘘《うそ》で、演技だったと告げられることを、内心、怖《おそ》れ始めていた。

最初は、ただ写真を撮りたいというだけだったが、予想された通り、〈吉田希美子〉は、珍しく反抗して、これに同意しなかった。彼女は当然に、〈ミッキー〉の写真が、〈吉田希美子〉の住む世界へと闖入《ちんにゅう》してくることを危惧《きぐ》していた。それに、〈片原盈〉との関係も、決して長いものではないだろうと考えていたから、別れた後に、それが相手の手許《てもと》に残るのも嫌だった。

〈片原盈〉の説得は、見事なまでに白々しかったが、これが結局は功を奏した。そのきれいな裸体を、若いうちに写真に撮って残しておくべきだというのである。

「自分ももう、三十やろ？　早撮《はよ》っとかんと、オッパイなんか、んなもん、すぐ垂れるで。こんな、ごっついオッパイしてんねんから。」

そう薄ら笑いを浮かべながら、彼は彼女の露《あら》わな乳房を鷲摑《わしづか》みにした。

「な、こんなオッパイして。めっちゃエロいわ。勿体《もったい》ないで。」

そう言いながら、彼は乳房を揺すり、乳首に吸いついて、舐《な》め回した。

〈吉田希美子〉は、身を引きかけたが、彼は、それをさせずに強引に抱き締め、今度は性器に手を伸ばした。彼女は息を荒らげた。

「な、エエやろ？　キレイに撮ったるし。な？　デジカメやし、あとで見てイヤなら、消したらええやん。な？」

何度も指先をクリトリスの上で往復させながら、彼は耳元で囁《ささや》き続けた。

「イヤだったら、……ホントにあとで消してくれる？」

そう尋ね返すと、彼は、

「消すわ。消す消す。エエやろ、それで？　な？」と、今度は面倒臭そうに言って、強引に遣《や》り取りを打ち切り、鞄の中からデジタル・カメラとバイブレーターとを取り出してきた。横になったまま、首だけを少し擡《もた》げてその様子を見つめている〈吉田希美子〉の、まだ何事かを思案している風の表情を目にして、〈片原盈〉は、鼻を鳴らして笑ってみせると、またその体に飛びついた。あとは済《な》し崩しに事が運んでいった。

一月ほどの間に、〈片原盈〉は、優に百枚以上の写真を撮り、60分のヴィデオ・テープは四本にも及んだ。そのうち、消去してもらえたのは、僅《わず》かに数枚の写真に過ぎなかった。

内容は当然の如く、回を追う毎《ごと》により過激になっていった。最初はただ横たわる彼女を撮る程度だったのが、次にはポーズをつけさせて乳房や性器を強調し、やがて〈片原盈〉の手がはいり、性器が写り、ほどなく写真は、行為中のものが大半を占めるようになった。

〈吉田希美子〉自身も、少しずつ撮られることの快感を知っていった。

彼女は、そうした写真と動画の一部を二枚のCD-ROMに収めて、〈片原盈〉から渡されていた。それは、彼が「オナニー用に」と置いていった黒いバイブレーターと一緒に、箱に収めてクローゼットの奥深くに保管されていた。

〈吉田希美子〉は、暫《しばら》く以前から、自分が〈ミッキー〉という存在を所有している感覚を持っていたが、それがこうして形となり、可視的な記録として与えられてみると、その思いは、もう少し複雑なものとなった。

〈ミッキー〉は最早、彼女の内部で、やがて曖昧《あいまい》な記憶となって失われてゆく存在ではなかった。それは、彼女の外側に具体的な物の姿を採って現れ、独立していた。これまで同じ一つの時間の流れを、交互に分け合っていた両者は、今、時間の中で併存している。たとえ、彼女の存在が消滅しても、〈ミッキー〉はこうして、物として存在し続けるのである。


自宅のパソコンのモニターに映し出された自身の裸体を、彼女は飽かずに何度となく眺め返した。〈片原盈〉が好んで命ずる恰好《かっこう》は、そのどれもが、ポルノ雑誌やＡＶの中で見たものばかりであったので、それらに接する機会が殆どなかった〈吉田希美子〉でさえ、少しく既視感を感じた。そして、世間でイヤらしいとされているその形に収まっているのが、外ならぬ自分の体であるということが、彼女には改めてふしぎに感ぜられた。

恰好というのは、なるほど、奇妙なものである。人体の関節の総数は二百六十五個と言われるが、そこから幾つかが選択され、更に角度と方向との可能なヴァリエイションを加えて、その数学的な組み合わせを一つ一つ造形してゆくと、或るものは芸術的であるとされ、また或るものは猥褻《わいせつ》であるとされる。偶然の悪戯《いたずら》で、日常生活の最中《さなか》に、すっぽりと人がその猥褻だという形態に嵌《はま》り込んでしまうことがある。そうした時には、男であれば哄笑《こうしょう》の的とされ、女であるならば忍び笑いの種となるのである。

〈吉田希美子〉は、以前に雑誌で、アイドル歌手や女優の写真の首から下を切り取って、別人のヌード写真と合成した画像が、ネット上に氾濫《はんらん》しているという記事を読んだことがあった。例として掲載されていたその出来映えは、驚くほど精巧で、パソコンに詳しくない彼女などが見ると、何処《どこ》にその継ぎ目があるのかまったく分からなかった。

〈片原盈〉に撮られた自身の写真を見ても、そんな感じがした。自分の顔が、見知らぬ匿名《とくめい》の裸体に乱暴に接合されている。匿名の、世間で謂《い》う所の淫らなあらゆる裸体のサンプルに据えつけられている。そういう印象だった。

〈吉田希美子〉は、カメラが連れ立ってきた他者からの視点を通じて、〈ミッキー〉というのは、そもそも、そういうことではなかったか？〈ミッキー〉という異質な存在との、全的な、即時的な統一を初めて真に実感した。彼女の顔は、彼女の性器と肉体的に連続した。その輪郭は、一本の線として、彼女という一個の個体の周囲を途切れなく一周して結んでいた。そこには最早、時間による分断はなく、ただなめらかに全体を覆《おお》った素肌があるばかりだった。

〈吉田希美子〉は、自身の肉体の完全で詳細な地図を手に入れた。小学生の頃に、その女性器を鏡で確認して以来、彼女はほぼ二十年ぶりにそれを目にした。かつてはまだ、うっすらとか細い陰毛に覆われていただけの外陰部の周辺には、肛門《こうもん》に至るまで隙《すき》なく硬い毛が密集し、彼女自身の体液に濡《ぬ》れて蜜《みつ》に浸ったような束を作っている。入浴時の洗浄の手触りは、その複雑な色と形とによって視覚的になぞられ、彼女の記憶を遡及《そきゅう》的に充《み》たしていった。彼女はそこに、はっきりと時の通過の跡を認めた。彼女の顔は、その二十年間、毎日のように鏡で確かめられ、変化は微細に砕かれてそこに忍び込んでいたので、ついにそれを捉《とら》えることは出来なかった。しかし今、改めて目にした彼女の一部分は、時間の中で密封され、しかも時間に抗し得ずして内部で密《ひそ》かに変化を続けていたものとして、ありありとその経過を示していた。

別段、局部に限ったことではなかった。彼女は毎日のように、自身の裸体を目にしていた。服も着替えれば、入浴もする。しかし、海辺の住人が、海岸線を正確に描けないように、彼女は自分の肉体の形姿《けいし》を、実際にはあまりよく知ってはいなかった。鏡の前に立つことはある。しかしせいぜい、直立の姿勢である。曲げた足が、どういう骨を浮き立たせ、どういう筋肉を膨らませるのか、突き出した尻《しり》がどういう弧を描くのか、その時腰は、どういう皺《しわ》を刻むのか、この時まで彼女はまったくといっていいほど無知だった。

ヴィデオの中の〈吉田希美子〉は、更に声と動きとを有し、彼女自身が実際に有している行為の記憶と、時折背中を接しながらも、奇妙なずれを示していた。そこでは無論、〈片原盈〉との関係が映し出されていた。

〈吉田希美子〉は、写真に比べれば、ＡＶは更にずっと馴染《なじ》みがなかったので、この既視感は、もっと漠然としたイメージに由来するものであった。

一度撮られてしまうと、心配が希薄となってゆく分、それを楽しむ気持ちが芽生えた。〈片原盈〉と知り合う前後から、〈吉田希美子〉の行動を辿《たど》ってゆくと、一方の興味が、他方の危惧をあっさりと袖《そで》にしてしまう場面が度々見受けられる。「出会い系サイト」の利用に際してもそうであったし、〈片原盈〉との最初の接触にしてもそうだった。楽天家と言うほど、彼女は両者のいずれを重んずるべきかを十分には意識しなかった。といって、欲望が思考を破壊するほど獰猛《どうもう》であったというわけでもない。ただ丁度、欲望と危惧との遠近が異なっていたように、一方に焦点が合うと、他方が自然と朧《おぼろ》になるといった風であった。

性行為中の〈吉田希美子〉の意識は変わった。どんな恰好をさせられていても、それは既に写真で見たものであり、何処かに他者の目があり、他者から見られた自分の姿が脳裏をちらついた。それは厳密には、〈片原盈〉の目であるはずだったが、彼女の中ではもっと抽象的な誰かの目のように感ぜられていた。恐らくそれは、〈片原盈〉が、ヴィデオ・カメラをベッドの傍らに据え置いて、二人の性交を撮影していた映像を見ていたためであろう。

〈吉田希美子〉は、自分の行為の卑猥さを、他人の目を通じて眺める興奮を知ったが、それは彼女が、彼女自身から遠ざかったからではなく、却《かえ》って辿り着くべき自身の像をはっきりと摑むようになったからだった。何度か彼女は、自宅の姿見の前で自慰に耽《ふけ》った。使うことはないだろうと思っていた〈片原盈〉の黒いバイブレーターも、初めて独りで使ってみた。鏡に向かって椅子《いす》に腰掛け、足を開くと、それを性器に挿し込み、ゆっくりと出し入れした。快感が高じてくると、自然にその動きも速くなった。絶頂に至るまで、じっと鏡を直視し続けた。その感覚を授けたのも〈片原盈〉である。四角いチェリー・ウッドの木枠の中では、ひとりの女が、激しく腕を動かしながらこちらを見ている。まるで自分の方が、その動きを映しているかのようだった。

撮影は、〈吉田希美子〉のアパート、ラブホテル、〈片原盈〉の車とその都度場所を変えて行われていたが、それが尽きると、二人で外に出るようになった。丁度季節は、夏を迎えようとしていた。

その最初は、〈吉田希美子〉のアパートの駐輪場だった。少し奥まって、道路からは見えないその場所に、〈片原盈〉は前々から目をつけていた。深夜、四階の彼女の部屋から二人で降りて来ると、〈片原盈〉は、Tシャツをたくし上げて彼女に胸を出すように命じた。〈吉田希美子〉は、周りをキョロキョロと見回しながら、ほんの二三秒ほど、ブラジャーを着けていない胸を露わにして、すぐに服を戻した。

「何やねん、アカンわ、そんなん。全然、見えへんかったわ。」

〈吉田希美子〉は、〈片原盈〉のその大声に驚いて、慌《あわ》てて「しっ！」という仕草を見せた。そして、

「だって、……人が来たら困るもん。……」と首を振った。

「来ィひんわ、こんな時間に。来たら足音ですぐ分かるし。ホラッ、早く。」

〈吉田希美子〉は、また周囲に目を遣りながら、恐る恐るTシャツを両手でまくって胸の上で押さえた。その重みで、乳房が少し潰《つぶ》れたように突き出した。

「そのまま、じっとしとれよ。」

〈片原盈〉は、そう言いながら、何度もデジタル・カメラのシャッターを押した。草臥《くたび》れた音を立てる蛍光灯には、二匹の蛾《が》が取りつこうとしては失敗して、翅《はね》をばたつかせている。立ち籠《こ》めるタイヤの臭《にお》いを払うかのように、フラッシュの光が幾度となく破裂した。

「もういい？　ねェ？」

何か物音を察したのか、〈吉田希美子〉は、〈片原盈〉の言葉を待たずに、サッと

Tシャツを下ろして胸の辺りを押さえた。

「まだやて！　誰もおらへんわ！」

そう口許《くちもと》を歪《ゆが》めると、〈片原盈〉は、〈吉田希美子〉に近づいて、口づけをしながらその胸を揉《も》んだ。そして、Tシャツをまた胸の上まで上げ、硬くなった乳頭に吸いつくと、今度は両肩を摑んで、やや強引に彼女を跪《ひざまず》かせた。そして、ジャージのズボンを下ろして、今し方の唾液《だえき》に濡れたままのその口に、勃起《ぼっき》しかけた性器を近づけた。

「しゃぶれ、オラッ。」

そう言って、自分の唐突さにニヤつきながら、彼は性器をぷらぷらと左右に揺すってみせた。〈吉田希美子〉は、暫く黙ってそれを見ていたが、やがて手を伸ばし、目を瞑《つぶ》ってそれを口に含んだ。〈片原盈〉は、またカメラを構えた。そして、腰を振って、何度も彼女を咳《せ》き込ませながら射精し、その口から精液が垂れ落ちるまでを、ずっと写真に収め続けた。

これ以後、二人は頻繁に野外での撮影を行った。琵琶湖畔や京都御所、大阪城といった観光地から、大阪駅前の赤い観覧車、更には、地元の商店街、市営バスの中、公衆トイレ、市民プールと、その場所は様々だったが、二人とも知人に目撃されることを怖《おそ》れて、大抵は車で遠出した先でのことだった。いずれもが〈片原盈〉の提案によるもので、〈吉田希美子〉は、何時《いつ》ものように少し考えるような様子を見せた後、結局はそれに従ってみせた。状況を見て、ただ乳房だけを露《あら》わにして写真に収める場合もあれば、性行為にまで及び、その一部始終をヴィデオに収める場合もあった。

こうした一連の行為を、〈吉田希美子〉が、〈片原盈〉にすべて無理強《むりじ》いされていたと考えるのは、やはり間違いである。形としては確かにそうだったが、この時期、〈吉田希美子〉が、〈片原盈〉の許を去ろうとしたことはただの一度もなかった。

彼らと同様の趣味を持つ者たちの中には、直接に通行人に向けて裸体を曝《さら》す者もあったが、彼ら二人はそうではなかった。何時も、その場では、人に気づかれぬように十分に注意したが、あとで写真を見てみると、通りの真ん中で突然スプリング・コートを脱ぎ捨て、全裸になった〈吉田希美子〉を、遠くから目を丸くして眺めている犬の散歩中の中年男が写り込んだりしていて、そういう時には、二人で声を上げて笑った。

〈吉田希美子〉は、こうした行為の面白味を理解し始めていた。彼女は自分の興奮を、心拍の異常な高鳴りによって、簡単に、確実に感じることが出来た。下着を一切纏《まと》わず、前をボタンで留めるワンピース一枚で車から降りる。そして、人目を盗み、記念撮影でもしているような様子で、〈片原盈〉のカメラに向かい、ボタンを外して乳房や陰部を露わにする。そういう時、外気はまるで人の手のように生々しく彼女の肉体に触れた。そして、再び仕舞い込まれたそれは、まるで性行為のあとのように汗ばみ、火照《ほて》っていた。ただ、裸体を外で曝すのであれば、二人はこれほど多くの場所でそれを試みる必要はなかったのかもしれない。彼らの趣味が高じたのは、それが写真に撮られ、証拠として手許に残るためであった。

天気の良い日、〈吉田希美子〉は、時折、自転車で登校したが、アパートの駐輪場に足を運ぶ度に、彼女はそこで、自分と〈片原盈〉との姿を目撃するような気がした。それは、テレビで京都御所を目にした時も、大阪城を見た時も同様だった。誰もがあの場所を、皆と同じようにきちんと規則を守り、歩いている。あそこで裸になったことがあるのは、きっと自分独りに違いない。裸を容《い》れる場所が、私的な空間に限られているならば、その時彼女は、その場所を、勝手に私用に使ったのだった。そうした思いが、彼女の心を躍らせた。誰にも許可なく、一時その場を独占したようだった。そうして露出した場所は、彼女にとって特別な意味を持つようになった。写真を眺め、風景の中に突然出現した自分の乳房や陰毛を見つめて、悪戯《いたずら》めいた恍惚《こうこつ》を覚えた。

街を訪れても、学校の中を歩いていても、ふと目についた何でもない場所で、彼女は自らの裸体を曝したい欲望を感じた。そこにこっそりと、自分の印を付けておいて、何喰わぬ顔で元に戻しておきたかった。

口寂しさに、バッグから飴玉《あめだま》を取り出してゆっくりと舌で溶かしてゆくように、そんな妄想を独り弄《もてあそ》ぶのが、何時しか彼女の癖となっていた。

# 12 顔のない裸体たち

事件が結局のところ、偶発的なものであったのか、それとも計画的なものであったのかは、目下の裁判に於《お》いても一つの争点となっているが、少なくともあの日、〈片原盈〉が、〈吉田希美子〉を伴ってあの場所に赴いたこと自体は偶然ではない。〈片原盈〉が、予《あらかじ》めその進入口を確認していたことからしても、それは決定的だが、事件前に二人の間に起こった出来事は、更にそこに一つの道筋を与えている。

時間の流れに飽くまで忠実に記すならば、最初に起こったのは、次のような出来事である。

丁度、二学期の中間試験の準備をしていた頃から、〈吉田希美子〉は、毎日、携帯電話に送信されてくる大量のジャンク・メールに悩まされるようになっていた。いずれも、「出会い系サイト」の広告である。その中に、「熱愛倶楽部《クラブ》」という名称のサイトからの利用料金の支払いを求める、所謂《いわゆる》「架空請求」が含まれていた。その文言はこうである。

「当サイトに於かれます貴方様《あなた》の御利用料金が、半年間、未納のままとなっております。つきましては、当メール受信後、３日以内に指定口座に利用料金６万円（５千円×６ヶ月分＋追徴金３万円）をお振り込みいただけない場合は、法律に基づき、貴方様の月々の給与より強制徴収させていただきたく、勤務先の経理課にご連絡させていただきます。尚《なお》、お振り込みが確認されました場合は、これまで通り、当サイトを御利用いただけます。」

彼女はこれを、彼女と〈片原盈〉とが利用していた「純愛倶楽部」と勘違いしたのである。

既に〈片原盈〉と出会って間もなく、彼女は「純愛倶楽部」に退会届を提出していた。固《もと》より無料サイトであり、利用料など必要ないはずであったが、ああいういかがわしいサイトである以上、どんな理不尽な言いがかりをつけられるかは分からなかった。彼女は早速、まだ「お気に入り」にはいったままの「純愛倶楽部」にアクセスしてみたが、出てきたのは「ページが見つかりません」という表示だった。既にサイト自体が閉鎖されていたのである。

〈吉田希美子〉は、〈ミッキー〉の名が唯一《ゆいいつ》、公開されていたそのサイトが既に姿を消していることを喜んだ。しかし、念のためと、今度は検索エンジンを使って、「ミッキー　ミッチー」というキーワードから「純愛倶楽部」を探してみることにした。

ありきたりなH・N《ハンドル・ネーム》だけに、1600件ものサイトがヒットした。ざっと目を通してみたが、いずれも「純愛倶楽部」とは無関係である。ところが、暫《しばら》く見るうちに、幾つか気になるサイトを発見した。〈ミッキー&ミッチー〉という名前が複数のサイトに登場している。そのうちの一つの名前は、「白昼夢〜素人《しろうと》野外露出投稿掲示板〜」というものであった。

〈吉田希美子〉は、この時点で、事態をほぼ正確に予感していた。すぐにアクセスした。白とフォレスト・グリーンとを基調とした、すっきりとしたデザインだったが、広告や「逆アクセスリンク」に見られる写真は、いずれも淫猥《いんわい》な女の裸ばかりである。

コンテンツは、「屋内画像掲示板」、「野外画像掲示板」、「体験告白掲示板」、「投稿ビデオ作品」と細かくジャンル分けされている。

彼女は、まず最初に「屋内画像掲示板」を見てみた。

投稿は、一日に三四件程度である。タイトルと投稿者名、投稿日時、最終コメント日、閲覧者数、コメント数が一覧となっており、番号をクリックすると、それぞれの写真が表示されるようになっている。画面を下にスクロールさせると、前日の投稿分に〈ミッキー&ミッチー〉の名前があった。タイトルは、「女教師の裏の顔Part13」となっている。ページが開いた。掲載されている写真は、五枚である。

どの写真も、被写体の顔はモザイクで覆《おお》われている。これは、トラブルを避けるためのサイトの投稿規約であるらしい。一枚目は、女がショーツだけを身につけ、乳房を両手で揉《も》みながらベッドに仰向けに寝ている写真である。二枚目は、そのショーツを脱ごうとしている途中の様子。三枚目は四つん這《ば》いになって、カメラに向かって性器を広げて見せている写真。外陰部には過不足なく丁寧にモザイクが掛けられているが、陰毛及び肛門《こうもん》ははっきりと写っている。四枚目は、缶ビールを片手に椅子《いす》に座った男が、赤いロープで縛られた女に性器を舐《な》めさせている。鏡を写しているので、男は正面を向いており、女は跪《ひざまず》いて背中が見えているだけであるが、やや突き出した尻《しり》の底にはバイブレーターの頭が覗《のぞ》いている。フラッシュで、男の顔は消されている。五枚目は、同じ鏡に向かって、今度は横向きに立った男が、女を正座させて性器を咥《くわ》えさせている。男の顔はやはりフラッシュで見えない。女の顔と男性器とにはモザイクが掛かっている。

投稿者のコメントはこうである。「ミッチーの性欲処理女ミッキーです。今回から、また新しいシリーズです。いつも、コメント、ありがとうございます。ミッキーも、みなさんの声援を受けて、どんどん淫乱になっていきます。出来るだけ、みなさんのご要望に応《こた》えていきたいと思いますので、どうぞ、感想をお聞かせください。」

これに対して、十七件の書き込みがある。以下はその一部である。「1枚目のおっぱい、最高です！　むしゃぶりつきたくなります！」／「いつ見ても、ミッキーさんはお美しいですね（、お尻の穴のしわの一本一本まで舐め回したいです（、」／「ミッキー、最高！　こんなオッパイを一人占めできるなんて、ミッチーさんがうらやましいです。今度わたしの愚息も挟んでください・藁」／「ミッキーさん、ますます淫乱になっていきますね。４枚目は、まさに男の夢！　僕もこんな性欲処理女が欲しいです。突き刺さってるバイブでアソコをぐちょぐちょにしてやりたいです！」／「オッパイもいいけど、僕はミッキーさんのオシリも好きです。」／「ﾊｧﾊｧ(´Д`;)」／「私もこんな淫乱教師に筆おろししてもらいたかった(´`　もう何人の生徒の包茎チ○ポをしゃぶってあげたんですか？」／「あ〜、ミッキー、今日もオナニーしちゃったよ〜！　一度でいいから、僕のオチンチンもそのお口で咥えこんでよ〜！」／「素晴らしいスタイル……素晴らしい変態性……ミッキーさんは、間違いなくこの掲示板のナンバーワンです（`０´）」／「またＡＦｷﾎﾞﾝﾇ」／「あああ、凄《すご》く綺麗《きれい》な体……ミッキーさんの自宅ですか？　本とに羨《うらや》ましい体……大切にしてあげてください。中年おじさんのファンより」……

写真の女が、自分であることはすぐに分かった。撮影場所は、今いるこの部屋である。咄嗟《とっさ》に見比べたベッドがまったく同じものであるので、まるでこの部屋が今もネットの世界に筒抜けであるかのようである。男は勿論《もちろん》、〈片原盈〉であった。〈ミッキー＆ミッチー〉の最初の投稿は、四ヶ月前にまで遡《さかのぼ》る。日付は、初めて彼に写真の撮影を許した日の直後である。

更に、「野外画像掲示板」にも、九回の投稿があった。これもまた、アパートの駐輪場での写真に始まり、大阪城や京都御所での露出、そして、一番最近の新幹線のトイレの中での性行為までがすべて掲載されており、大阪城での写真には、主催者の注が付けられていて、この時、一緒に撮影したＤＶＤの委託販売を行っている旨《むね》が記載されていた。

その日は、平日の水曜日だった。〈吉田希美子〉は、翌日までに入稿する予定の中間テストの問題の作成のことを考えながら、深夜三時頃まで、そのサイト及び他に〈ミッキー＆ミッチー〉が投稿している同種のものを見ていた。

最初は、木槌《きづち》で土を打っているような硬く敏捷《びんしょう》な鼓動が、次いでそれが静まると、あとは炎症のような腫《は》れぼったい感じが、ずっと胸の内側を満たしていた。〈吉田希美子〉は、顔のない自分の裸体を、しげしげと見つめた。彼女だけではない。〈片原盈〉も、他の投稿者も、みんなすべて顔を持たなかった。あるのはただ、部品のようにそこから切断された肉体ばかりである。そこでは、凡《およ》そ人格とは関係のない欲望の対象が、多種多様な種類を取り揃《そろ》えて陳列されている。そして、そこに群がる男たちの書き込みもまた、同様に顔のない裸体の言葉の数々だった。〈吉田希美子〉は、自分の心情を図りかねていた。〈片原盈〉の不誠実に対して憤《いきどお》る気持ちはあった。しかし、そもそもそうした人間的な信用を期待出来る相手だったであろうか？　自分たちは、決してそんな風にはつきあってこなかった。結局は、二人ともが〈ミッキー＆ミッチー〉であり、いずれも単なる裸体として戯《たわむ》れ合っていたに過ぎなかった。それについては、ただ自分の愚を責める気持ちしか起こらない。それはまだ、整理のつく感情である。しかし、今この掲示板で自分の置かれている状況については、どう考えるべきであろう？

ほんの数年前の彼女であったならば、それを身の毛が弥立《よだ》つほど不快なことと感じていたに違いなかった。身許《みもと》も知れない何処《どこ》かの男が、日夜、勝手に彼女の裸を眺め、妄想を膨らませながら自慰に耽《ふけ》っている。そんな想像に、ゾッとするのは当然だった。しかし、今はどうであろうか？　そう感ずるべきだという気持ちはあった。また努めてそう感じようともしていた。しかし、慌《あわ》ててパソコンから目を背けたり、怒りに駆られて部屋を飛び出したりという衝動が、どうしても起こらなかった。彼女は何時《いつ》までも眺めていた。そして仕舞いには、パソコン上の〈ミッキー＆ミッチー〉を見つめ、その書き込みを読みながら自慰を始めた。

あとから気がついたことだが、閲覧したサイトの中で最も規模の大きな「白昼夢

～素人野外露出投稿掲示板～」で見ると、〈ミッキー&ミッチー〉の一回の投稿に対する閲覧者数、コメント数は、平均すると、それぞれ2000前後、20前後と、他の投稿者に比して圧倒的だった。最もコメントが多かったのは、彼女が琵琶湖畔で赤いロープで縛られ、性器と肛門とに二本のバイブを差し込まれて四つん這いになっている写真の投稿回で、閲覧者数は27132、コメント数は28に上り、これは他を大きく引き離して、このサイトに於ける最高記録であった。

〈ミッキー&ミッチー〉は、要するに有名な投稿者であった。彼らには、「ファン」がいて、彼女の裸を目にした人間が、既に延べ四十万人以上おり、更にそれを待ち望んでいる者たちが、確実に何万人かはいるのだった。その数字が、彼女にはまったくピンと来なかった。そして、同じように投稿しても、中にはまったく見向きもされない裸体が数多くあった。

〈吉田希美子〉は、自分の写真だけではなく、他の投稿者の写真も、熱心に一つ一つ見ていった。そこで曝《さら》されている裸体は、必ずしもすべて美しい訳ではなく、もう何人も子供を産んでいるのだろうというような、だらしなくゆるんだ裸体もあれば、初老に近いのではというような衰微した裸体もあった。肥満気味の者、痩《や》せぎすの者、胸の小さな者、胸の弛《たる》んだ者、……勿論、自信があって裸体を曝している者もあったが、どうもそれだけではなさそうだった。何が悦《よろこ》びなのだろう？　そう彼女は訝《いぶか》った。裸体たちは、モザイクによって顔から隔離され、その干渉から保護されて、それ自体として出現していた。単に身元を隠すというだけではなく、消された顔は、そうして肉体を自立させ、その形姿をこそ見る者に新しい顔として提供した。そして、それらいずれと比べてみても、彼女は、自分の体のいかにも豊潤な肉づきを決して見劣りのするものではないと感じ、寧《むし》ろ大いに誇らしく感じた。

こうした掲示板の雰囲気は、何処か、ペットの愛好家のそれと似ていた。街中を、高い犬を連れて散歩するように、或《あ》いはまた、蘭鋳《らんちゅう》や出目金の品評会のように、投稿者は得々として自分の女を自慢し、見る者はそれを褒めそやした。〈片原盈〉は、凡その典型であった。彼はここで、ただ彼女の存在によって——彼女を所有し、手懐《てなず》け、自由に出来るというその事実によってのみ、人から注目され、羨まれていた。掲示板で、〈ミッチー〉は、〈ミッキー〉のことを、ずっと「性欲処理女」と呼んでいた。〈ミッキー〉が人の賞賛を浴びるほど、彼女を侮辱的に扱ってみせるのが彼の悦びであった。

〈吉田希美子〉は、突如自分が担《にな》うことになった何万という人間の欲望について、それをどう考えるべきか分からなかった。これまでそれは、ただ〈片原盈〉だけが代表していた。しかし、まさしく彼は代表していたのである！　彼が彼女の乳房を執拗《しつよう》に舐め回していた時、その舌は数万枚の中の一枚だった。彼の性器が彼女の性器に捏《ね》じ込まれ、射精した時、その精液は何万という性器から搾《しぼ》り出された数滴だった。そういう裸体を、彼女は衣服の下に隠し持って、普段通りの顔で、同僚の教師と、教室の生徒たちと接していた。そして、その彼女の顔には、誰一人として見向きもしないのだった。

〈吉田希美子〉は、ただちにこれを〈片原盈〉に止めさせるべきかどうかを思い迷っていた。〈片原盈〉にとってそうであったように、彼女にとっても、〈ミッキー〉は一種のペットだった。しかも、真に所有しているのは、無論、彼ではなく、彼女である。彼女に優越感がなかったと言えば嘘《うそ》になろう。彼女は他の女の裸体を見て、自分の裸体を一層愛するようになった。そして、何千という男の欲望の的となることで、自分に自信を持った。〈片原盈〉に対してさえ——出会ったあの日、傲岸《ごうがん》に不服の感を漂わせていた〈片原盈〉に対してさえ、最早卑屈な感情を抱く必要はなかった。その何千という男たちの中で、敢えて〈片原盈〉でなければならない理由は何もなかった。単に今のように、快感を求めるためだけに性交をするにしても、もっとマシな男は幾らでもいるはずだという気がした。

その週末、〈吉田希美子〉は、〈片原盈〉に誘われて、初めて大阪のＳＭホテルを訪れた。所謂《いわゆる》ラブホテルだが、人を入れるためのケージや磔《はりつけ》用の拘束具、それに鞭《むち》や蠟燭《ろうそく》などが備えつけられていて、利用者の多くは、面白半分で利用してみる一般の若い男女だった。

〈吉田希美子〉は、投稿サイトの一件については、何も話していなかった。正確に言うならば、今日、話すかどうかを決めかねていた。

〈片原盈〉は、ホテルにはいると、この日のために新しく購入した透明のバイブレーターを鞄《かばん》の中から取り出し、カメラを準備して、早速彼女の服を脱がせた。そして、自らは服を着たまま、彼女を分娩《ぶんべん》台を模したような黒いベッドの上に寝かせ、両手足を革のベルトで拘束した。

〈片原盈〉は、この日殆ど、はしゃぐように陽気だった。彼は、このホテルに来ることをずっと楽しみにしていたが、〈吉田希美子〉はその理由を知っていた。それは、「白昼夢」とは別のサイトで〈ミッキー〉と同じくらい人気を博していた、若い、まだ十代かとも見まがう褐色の女が、ここと覚しきホテルで一連の性行為を行っているのを見ていたからであった。〈片原盈〉は、恐らくその裸体を、〈吉田希美子〉に模倣させるつもりだった。

部屋の壁は、コンクリートの打ちっ放しで、何処か廃墟《はいきょ》めいた冷たい印象であり、声を発するとよく響いた。

左手から、歯科医院にあるのと同じようなライトが、彼女の顔に当てられた。彼女は、意味もなく、そのライトを見つめていた。

「興奮してきたやろ？　もうオマンコ、グチョグチョやで。」

そう言って、〈片原盈〉は、回し始めたヴィデオ・カメラを片手に、空いた左手で、彼女の性器をまさぐり始めた。痛みに思わず腰を引いた。彼の言葉に反して、性器にまるで潤《うるお》いが欠けていることを、彼女は自覚した。〈片原盈〉もそれに気がついたが、敢えて打ち消すように、

「相変わらず、えげつないオッパイやなァ。こんなスケベなオッパイして、よう、生徒の前に立っとれるな？」と言い、乳房を握り締めるようにして摑《つか》んだ。そして、

「ん？　ホラッ？」と言いながら、揺すってみせた。

〈吉田希美子〉は、じっとライトを見ていた。微《かす》かに眉間《みけん》に皺《しわ》が兆《きざ》したが、それは快感のためではなく、もっと無機質な痛みのためだった。明らかに、〈片原盈〉は苛立《いらだ》ち始めていた。憮然《ぶぜん》として彼女の股間《こかん》に体を収めると、音を立てながら性器の全体を舐め回し始めた。ほど経て、彼は口を拭《ぬぐ》いながら立ち上がると、壊れた玩具《おもちゃ》に癇癪《かんしゃく》を起こした子供のように、

「何やねん？　何をそんな、ブスッとしとんねん？」と、ヴィデオを止め、カメラを脇《わき》に置いて怒鳴りつけた。

〈吉田希美子〉は、漸《ようや》くライトから視線を逸《そ》らして、激昂《げっこう》する彼の方を見遣《みや》った。瞳《ひとみ》に強く残像が残って、その表情は遠くに感ぜられた。何を言うべきか、分からなかった。拘束され、しかも無反応に横たわる肉体には、彼女自身の意図しなかった不遜《ふそん》さが現れていた。

「何や？　言いたいことあるなら言えや！」

怒鳴りつけながら、〈片原盈〉は、彼女に覆《おお》い被《かぶ》さり、右手で首を絞めた。

「ホラッ、言ってみろや！　オレのチンポ、しゃぶりたいんやないんか？　あ？」

左手だけで苦心してベルトを外し、ズボンを膝《ひざ》まで下ろすと、項垂《うなだ》れた性器を彼女の頬に押しつけ、

「しゃぶれ！　オラッ、しゃぶれや！」と、目一杯の力で頬を摑んだ。痛みに思わず、彼女は口を開いた。顔を横に向けさせ、透かさずそこに性器を押し込むと、乱暴に腰を動かした。毟《むし》るようにして髪を両手で摑み、更に彼女の頭を前後させた。性器は次第に、唾液《だえき》に塗《まみ》れていったが、勃起《ぼっき》する兆しはなかった。口の中に半ば頭を突っ込んだまま、くねくねと身を捩《よじ》って、彼女が激しく咳《せ》き込むと、何度かそこからぽろりと零《こぼ》れ落ちた。それが余計に、彼に屈辱を感じさせた。

足をバタつかせて、ズボンも靴も脱いでしまった。〈片原盈〉は、額に汗し、彼女に陰茎の根元まで咥《くわ》えさせて、陰毛の茂みに顔を押しつけながら、「オラッ、もっと舌使えや！」と怒号を浴びせた。息苦しさに、〈吉田希美子〉は四肢に力を込め、初めて革のベルトが、肉に強く食い込むのを感じた。呻《うめ》き声を上げて、首を動かそうとした。その声の振動を性器で感じ取った瞬間、〈片原盈〉は、到頭勃起せぬまま、不意にというように、勢いなくドロンと精液を漏らした。そして、痙攣《けいれん》も何も起こらず、尿道に不快な残留感を残したまま、終わってしまった射精に舌打ち

して、性器を引き抜くと、彼は投げ捨てるようにして〈吉田希美子〉の頭を放り出し、寝台の脇を、「クソッ、フザけんなよっ！」と蹴《け》りつけた。そして、サイド・テーブルの上にあったテレビのリモコンを手に取ると、〈吉田希美子〉の全裸の体に向けて投げつけた。脇腹に当たってコンクリートの床に落ちると、電池ケースの蓋《ふた》が飛び、中身が弾《はじ》け出す音が響いた。〈吉田希美子〉は、今はもう、まぶしそうにライトを避けながら、口から精液が流れ出すに任せていた。

十五分ほど、そのままだった。〈吉田希美子〉の睫毛《まつげ》は、一旦《いったん》潤い、また乾いたようにべたついていたが、それが泣いたせいなのか、単に咳き込んだせいなのかは、彼女自身にも分からなかった。〈片原盈〉は、下半身だけ裸のまま、ビールを飲み、煙草《たばこ》を一服した。射精して気が静まると、顔を反対に向け、拘束されて横たわったままの〈吉田希美子〉の肉体が、少し恐ろしくなった。

わざとのように裸足の跫音《あしおと》をペタペタと響かせながら近づき、顔を覗《のぞ》き込むと、両手足のベルトを解いて、

「どうしたんや？　体調悪いんとちゃうか？　そうやろ？　なァ？　顔色悪いで。」

と冗談のように鼻を鳴らした。

背中が汗をかいて、寝台を覆う黒い合皮に張りついていた。口許を拭いながら身を起こすと、〈吉田希美子〉は、小さく頷《うなず》いて、ベッドへと向かい、布団《ふとん》の中に潜り込んだ。きれいに張られたシーツが、ひどく冷たかった。

「何や、そんならそう言わんかい。びっくりするやろ、急に。」

〈片原盈〉は、安堵《あんど》したように言った。彼としては無論、そう信じねばならなかった。

上着を脱ぐと、自身も全裸になって布団に潜り込んだ。

「ちゃんと言わんとアカンで、体調悪い時は。」

念を押すようにそう言うと、彼は、間を持て余して、枕元《まくらもと》の煙草を手に取った。〈吉田希美子〉は、やがて大仰に吐き出されたその煙が、時間を掛けて、背中を向けた彼女の顔にゆっくりと垂れ籠《こ》めて来たのを感じた。

静まり返った部屋に、隣部屋の女の喘《あえ》ぎ声が響き始めた。〈片原盈〉は、「ん？」と、その声のする壁の方に目を遣ると、

「めっちゃデカい声やなァ。オマエと同《おんな》じくらいちゃう？」と、ニヤニヤしながら言った。

〈吉田希美子〉は、体を仰向けにしたが、その表情は変わらなかった。

「腹痛いんか？」

「……ううん、……大丈夫。」

〈片原盈〉には、〈吉田希美子〉の不機嫌の意味が分からなかった。しかし、その心情に何か変化が生じていることだけは流石《さすが》に察しがついた。それを引き留めようとしたのであろうか？――

後になって思い返すほどに、〈吉田希美子〉は、〈片原盈〉のことを滑稽《こっけい》な、憐《あわ》れな人間だと感じたが、彼のあらゆる破廉恥《はれんち》な言動も、次の一言を切り出した時に比べれば、まだしも何倍もマシであった気がした。

〈片原盈〉は、恐ろしく心臓を高鳴らせながら、

「なァ、……話があるんやけど、……」と何時《いつ》になく小さな声で言った。

〈吉田希美子〉は、顔を上げた。手許が震えて、灰がぽろぽろと零れ落ちているのを彼女は認めた。目の中にはまだ、ライトの残像が残っている。隣の女の声は、揺らめきながら長く尾を引き、最後にその尻《しり》をキュッと持ち上げた。まさにそのタイミングで、〈片原盈〉はぼそりと呟《つぶや》いた。

「なァ、……オレたち、結婚せえへんか？」

# 13　事件前

週明けの朝、普段通りに出勤し、授業時間の変更を告げるホワイト・ボードの前に立つと、〈吉田希美子〉は、顔を顰《しか》めて首を捻《ひね》った。

目が覚めた時から、ずっと視界に違和感があった。最初は、コンタクト・レンズをしたまま寝てしまったのかと思ったが、そうではなかった。念のために、今日は眼鏡に替えて来ていたが、運転をしている間も妙な感じだった。

文字を読もうと視線を向けても、瞬時に焦点が合わない。暫《しばら》く凝視していると、段々と視界が晴れてくるが、瞬《まばた》きでまた元に戻ってしまう。そう言えば、二年前に眼科でものもらいを切った時にも、術後一時間ほどはこんな感じだった。あの時は、軟膏《なんこう》のせいだった。

一度強く目を閉じ、開いた時に、彼女はおやと思った。それで、今度は細かく何度も瞬きした。その度に、円い影のようなものがちらついている。目を細めて、その曖昧《あいまい》な像を捉《とら》えようとすると、卒然と黒い染《し》みのようなものが浮かび上がった。

首を傾《かし》げつつ、職員室にはいっていくと、教頭に挨拶《あいさつ》をして、出勤簿に印鑑を捺《お》した。

「おはようございます。ちゃんと起きてますか？」

生徒たちから「バルーン」と綽名《あだな》をつけられている禿頭《はげあたま》の教頭が、怪訝《けげん》そうな顔で彼女を見上げた。

「あ、はい、……すみません。」

そう言って小さく頭を下げると、そのまま顔を上げずに、自分の席まで歩いていった。

着席し、机の上を整理すると、手帳を取り出して、白紙のページでもう一度、目の具合の確認をした。

今度は、片方ずつ目を瞑《つぶ》ってみた。それで、影の現れるのが、左瞼《まぶた》を開閉した時だけだということに気がついた。彼女は、バッグの中からコンパクトを取り出して、鏡で左目を確認した。特に、変わった様子はない。

普通に目を閉じている限り、瞼の裏には何も見えない。が、少し意識して、何かあるらしい気配の箇所に焦点を合わせると、また先ほどの円が浮かび上がって、しかもそれが斑《まだら》に蠢《うごめ》いている様が見えた。微動しているのは恐らく血である。目の何処《ど》かに《こ》外傷があるらしかった。彼女は不安に駆られて、指先で瞼を押さえてみたり、少し擦《こす》ってみたりした。そうすれば、血の塊が周囲の血管に流れ出すような気がしたからである。

八時二十五分になり、職員朝礼が始まってからも、彼女はずっとその影のことを気にしていた。

「……今日は、放課後、四時半から美化委員会がありますので、各クラスの委員に連絡してください。それから、文化祭バザーの件ですが、……」

現実が、自分との間に膜を設けてしまったかのように、直接触れているという感じがしなくなった。

数日様子を見てみたが、症状は改善されなかった。元々目は良くなかったが、左右の視力に極端な違いが出ているらしく、それが彼女を疲れさせた。白いもの、明るいものを背景にすると、くっきりと円が浮かび上がる。昼食時に青空を見上げて、そこに黒い巨大な太陽のようなものが懸かっていることに彼女は覚えず慄然《りつぜん》とした。

夜は、寝つくまでの間、それがずっと瞼の裏側で彼女を見張っていた。血の塊だと気がついたのは早かったが、それが余計に、その蠢きを不気味に感じさせた。日中、判を捺したようにきれいに結んでいた円周は、夜になると罅割《ひびわ》れ、二欠片《かけら》ほどの円の残骸《ざんがい》が、不思議に煌《きら》めきながら、絶えず振動し続けている。寝つかれなくて、瞼を開けると、一瞬それが視界から姿を消す。同じ闇《やみ》でも、ただその染みがあるかどうかで、瞼が閉じているかどうかが分かった。

木曜日になって、漸《よう》く授業のない三四時間目に許可を貰《もら》い、眼科の病院に行ったが、確かに眼底に微量の出血があるが、「安静にしていればじきに治ります。」とのことだった。

彼女は病院で、「思い当たることは?」と尋ねられ、歯科医院に行った時、ライトが眩《まぶ》しかったと嘘《うそ》を吐《つ》いた。怪訝そうにしながらも、それを医師がカルテに書き留めているので、他方で彼女は、健康保険証に何の通院記録もないことを心配した。原因が、先週末のホテルのライトであることは、既に気がついていた。そんなことがあるのかどうかは分からなかったが、それ以外に考えられなかった。あの時自分は、どうしてあんなに、まるで魅入られたかのようにライトの光を直視していたのだろう？　後悔とともに、何度となく彼女は自問した。そして、あの日あったことのすべてが否応《いやおう》なく思い返された。

〈吉田希美子〉は、あの日の自分の不機嫌についてよく考えた。今日になって生理が始まったが、或《ある》いはそのせいだったのだろうかとも考えた。とにかく、幾ら触れられても、それは単に物理的な刺激に留まり、どうしても性的なものへと変換されなかった。まるで、知らぬ間に何万人という人間に弄《もてあそ》ばれていたことを、彼女自身がまったく気づかずにいたように、首の下から感覚が奪われ、肉体がネット上に散らばる画像になったかのようだった。

彼女は、〈片原盈〉の口にした「結婚」という言葉を何度となく反芻《はんすう》した。彼女はそれに対して、「え？」という顔をしてみせただけだった。彼は、恐ろしく敏感にその反応の意味を感じ取って、

「嘘やて。笑かしたろうかと思っただけや。何をそんなマジな顔になってんねん？」とせせら笑って、また煙草《たばこ》を吸った。

本当に冗談だったのだろうか？――違うと思った。事実、〈片原盈〉は、本気でそれを考えていたのであった。

　恋愛感情が、性行為という結果に至ることを人は自然と考える。その結びつきは自明である。すると、最初にただ性行為だけがある時、その自明さが遡《さかのぼ》って何か恋愛感情に似たものを捏造《ねつぞう》するということはあるのだろうか？

〈片原盈〉は、最初はただ〈ミッキー〉だけを求めていた。彼が欲していたのは、「性欲処理女」であり、顔のない裸体だった。そんな風に女を扱い、その顔を陵辱したいというのが彼の一貫した願望だった。そして、何時《いつ》か何処かのマヌケな男が、何も知らずに、散々自分の精液に塗《まみ》れたこの女の顔を愛し、結婚するのだと考えると、吹き出したくなるような気分になった。しかし、七ヶ月以上に亘《わた》って彼女と同じ時間を過ごした後、彼はこの関係を無限に延長したいと思うようになっていた。その動機に、依然として当初の願望が持続していたことは間違いない。こんなに何でも言うことを聞く「性欲処理女」を一生手許《てもと》に置いておきたいという気持ちはあった。彼は、ネットの世界の中での〈ミッキー〉が誇らしかった。その価値を認められ、それを自慢出来ることの悦《よろこ》びが彼を有頂天にさせた。同時に、彼は何時しか、彼女の顔までをも欲するようになっていた。それをただ匿名《とくめい》の膨大な裸体の品番として見るだけではなく、その嘘までをも含めて所有したい気持ちに駆られていた。

そして、自分ではない他の誰かがその顔に射精し、ほくそ笑んでる様を思い浮かべると、イヤな気分になった。

二人の関係をもっと公然のものにしたかった。その時に、彼女の顔が何時でも精液に塗れているのは都合が悪かった。街中では、何処へ出しても恥ずかしくない、まっとうな顔で、自分と連れ立って歩いて欲しかった。それは結局、嘘である。しかし彼は、今はもう嘘からも抱擁され、接吻《せっぷん》されたいと感じ始めていた。

彼は、自分に嘘からはいって女へと至る道がないことを自覚していた。それならば、本当の姿からそこに至るより他はなかった。今、彼にそれを実現させてくれそうな存在とは、〈吉田希美子〉以外にはなかった。そして、彼が何よりも怖《おそ》れていたのは、〈吉田希美子〉が〈ミッキー〉を連れて、独りでその嘘の世界へと帰ってしまうことだった。

〈吉田希美子〉には、そうした〈片原盈〉の胸中がよく分からなかった。道端で少女を誘拐《ゆうかい》し、監禁して、何年間にも亘って自分の「性欲処理女」にしてしまうような男が世の中にはいる。結婚したいとは、それをただおおっぴらに行いたいということだろうか？　件《くだん》の投稿サイトには、夫婦らしき男女も数多く見受けられた。ああいうことを趣味にして、お互いが楽しいのなら、それでも良いのかもしれない。けれどもそれは、彼女が憧《あこが》れていた、極まっとうな結婚とは、明らかに違ったものであった。

彼女にとって、〈片原盈〉の存在が貴重であったのは、それが〈吉田希美子〉の生活と一切関わりを持たない点であった。何をしても、本当の自分とは一切関係ない。そこにこそ意味があった。それが、結婚とは。……

〈片原盈〉と結婚するというのは、どういうことであろう？　それは自分が、本当に、〈ミッキー〉になってしまうということではあるまいか？　自分は飽くまで〈吉田希美子〉である。その他方で〈ミッキー〉という淫乱《いんらん》な女を一時楽しんで演じていた。それが今、逆転しようとしている。自分自身が、〈ミッキー〉であるということ。〈ミッキー〉に乗っ取られ、〈ミッキー〉こそが〈吉田希美子〉を演じているということ。いや、それはもう、ずっと前から起こっていた事態ではあるまいか？

そして〈片原盈〉は、それを最終的に確定しようとしているのではあるまいか？

例によって、〈吉田希美子〉の自己分析は、これほどすっきりと整理されていたわけではなかったが、その色々に絡《から》んだ毛糸玉のような胸中を、一本一本、解きほぐせば、凡《およ》そこうしたことであった。無論、重要なのは、彼女がそれを、完全には把握しきれていなかったということである。

他方で、感じることに正直で、敏感であった彼女は、あの日の自分の不機嫌に、〈片原盈〉へのもっと複雑な感情のあることを漠然と察知していた。

彼女は確かに、自分が、ネット上の別の女の代わりに扱われることをおもしろくないと感じていた。それはネット上で人気を二分する相手への一種の競争心であった。しかし、その女が、まさしく〈片原盈〉を魅惑したということに意味はないのであろうか？　嫉妬《しっと》であろうか？　彼女は自分のネット上での人気に戸惑う一方、それを〈片原盈〉が公開していたということに、結局、失望していたのではなかったか？

愛情があったのか？　その問いは何時でも曖昧である。しかし、なかったのかという問いには、人は何某《なにがし》かを答え得るであろう。〈片原盈〉のプロポーズは、その答えを彼女に迫っていたのではなかったか？　そうして彼女は、それをやはり、危険で、無茶な考えだと感ずるより外なかった。

生理を理由に、この週末、〈吉田希美子〉は〈片原盈〉に会わなかった。彼の方もこれに同意した。二人で過ごさない週末は久しぶりだった。翌週末は、更に中学校の体育祭であったので、二人が会う約束をしたのは明くる月曜の振替休日であった。〈片原盈〉は、その日休暇を取ることにしていた。これが、事件の当日である。

結果、二人で過ごす週末は、この後二度と訪れないこととなる。

# 14 事件

その日、〈片原盈〉は、午前十時の約束よりも二十分ほど遅れて、車で〈吉田希美子〉のアパートを訪れた。携帯のメールには、「ちょっと遅なるわ」と、いかにも運転中に急いで送信したような、ぶっきらぼうなメッセージが届いていた。

ベルが鳴り、覗《のぞ》き窓から確認してドアを開けると、彼はもうヴィデオ・カメラを回していた。外は明るかった。〈片原盈〉は、未《いま》だに去らない彼女の視界の黒い円の中に収まっていた。「あっ、」と驚いて、彼女はサンダルから足を零《こぼ》したが、撮られているという意識が、続く言葉を遮ってしまった。そして、二週間ぶりの再会のこの奇妙さに、ぎこちなく笑ってみせた。

余計な声がはいるのを気にするかのように、〈片原盈〉は、無言のまま薄ら笑いを浮かべているだけだった。

「……もう撮ってるの？」

床に上がると、〈吉田希美子〉は、漸《ようや》く確認するかのように、小声で尋ねた。〈片原盈〉は、モニターを見ながら二度頷《うなず》いた。そして、スニーカーの踵《かかと》を交互に踏んで脱ぐと、それを蹴散《けち》らし、そのままの恰好《かっこう》で彼も部屋に上がり込んできた。

「ねェ、一回、止めてくれない？……ねェ？」

〈吉田希美子〉は、解きかけたまま強張《こわば》ってしまった笑顔で言った。〈片原盈〉は、それがおかしいのか、また鼻を鳴らして笑った。そして、台所を抜けると、唐突に、

「しゃぶれ。」と言った。

「え、……」

「チンポ、しゃぶってや。」

彼は、目の前の彼女には一切目を向けず、ひたすらモニターの彼女に目を注いでいた。

「え、……今？」

「そう、今。エエやん。久しぶりやし、溜《た》まっとんねん。一発、抜いてェや。」

〈吉田希美子〉は、その真意を測りかねた。前回のプロポーズの照れ隠しのつもりだろうか？ それとも、あれが飽くまで冗談で、自分はお前のことを「性欲処理

女」としか見ていないということを示そうとしているのであろうか？ それとも、もうあんなことは忘れてしまっているのだろうか？何時ものように俯《うつむ》き加減に彼女は考えるような素振りを見せた。〈片原盈〉は、こうした時、彼女が最後には、自分の要求を受け容《い》れることを知っていた。それが通らないことを、彼は今、怖れていなかった。その時はその時で、考えがあった。

果たして、モニターの底に彼女の姿が沈んでいくのが見えた。すぐに追うと、ベルトのバックルに手を掛け、それを外し始めた姿がまたそこに収まった。トランクスと一緒に、ジーパンを膝《ひざ》まで下ろすと、〈吉田希美子〉は、この八ヶ月間に彼から教わった通りの仕方でその性器を舐《な》めた。固《もと》より彼女は、それ以外の方法を知らなかった。

二週間前の時とは違い、〈片原盈〉の性器は、切られた小枝が、その断面を残したまま、また伸びてきたように、硬く勃《ぼっ》起《き》していた。頭上では、時折、「おォ、……」という呻《うめ》き声が漏れ、「こっち向け、ホラッ、」と、その顔をテープに収めるために促す声が聞こえた。彼女はそれに抗《あらが》うことなく応じた。

何時ものように時折乱暴に腰を動かしたが、カメラを気にしているせいか、執拗《しつよう》ではなかった。ほどなく彼は、彼女の口の中で射精した。彼女はそれを、口から溢《こぼ》さぬように吸い取って飲み干すと、これもまた彼から教えられてきた通りに、唾液《だえき》と精液との名残に塗《まみ》れた性器を、舌で丁寧に拭《ぬぐ》っていった。

〈片原盈〉は、

「おォ、気持ち良かった。……めっちゃ出たわ。……」と言い、「……全部飲んだんか？」と尋ねた。

彼女は、所在なさげに、指先で軽く口許《くちもと》を拭うと、顔を上げて、「……うん。」と言った。

〈片原盈〉は、ヒッと笑うと、

「ズボン、上げて。出掛けようや。」と言った。

〈吉田希美子〉は、また言われた通りにズボンを穿《は》かせてやりながら、

「何処《どこ》行くの？」と尋ねた。

〈片原盈〉の性器は、まだ彼女の唾液に濡《ぬ》れたまま、深緑色のチェックのトランクスに収まった。

「内緒や。」

「何処？」

「オモロいとこ。久しぶりに、外で遊ぼうや。」

ズボンの上から、〈片原盈〉は自分の性器を掻《か》いた。

「外で遊ぼう」というのは、彼が「野外露出」に出掛ける際に何時《いつ》も言う誘い文句だった。

〈吉田希美子〉は、しばらく正座したままだったが、「ホラッ、」と引っ張り起こされて、立ち上がった。

「その恰好やったらアカンやろ。すぐ脱げるようにしとかんと。」

そう言うと、彼は、ヴィデオを止めて、今日初めて真面《まと》に彼女を見て笑った。

〈吉田希美子〉は、この日、〈片原盈〉との関係を清算するつもりだった。わざわざ相手も休暇を取ってまで会いに来たのだから、何か真面目《まじめ》な話をするつもりなのだろう。そう思っていた。それが、来るなりヴィデオを撮り始め、以前と何ら変わらぬような態度でいることを、彼女は訝《いぶか》っていた。彼の要求に従った理由は錯綜《さくそう》していた。これが最後かもしれないと思った。カメラの持つ奇妙な強制力もあった。しかし何よりも、彼女はこの時、初めて〈片原盈〉に恐怖感を覚えていた。

〈吉田希美子〉は、彼の目の前で全裸となり、その上から白いハイネックのセーターと、短い黒のスカートだけを身につけた。スカートを穿こうとして、前屈《まえかが》みになった時、二つの乳房が重たげにまっすぐ垂れ下がったのを見て、〈片原盈〉は、

「エエ乳やのう、相変わらず。あとでまた、たっぷり揉《も》んだるわ。」と言った。

二人が車で移動した時間は、ほんの十五分程度だったが、その間、〈片原盈〉は一言も喋《しゃべ》らず、ずっと煙草《たばこ》を吸っていた。少し開いた窓からは、車外の音が流れ込んで来る。平日の日中だけに、車も少なく至って穏やかだった。

「着いたで。」

車が止められたのは、小学校に隣接するコンビニの駐車場だった。

「ここ？」

「そう。」と、エンジンを切り、キーを抜きながら、「そこの学校や。」と言った。それ以上の質問をさせぬように、わざと忙《せわ》しく振る舞っているようだった。

「え、学校？」

「そうや。」

「え、……ダメよ、そんなの。」

「何で？」

「……わたし、一応教師だし。……」

「やから何やねん？」

強く撥《は》ねつけるような口調で彼は問い返した。

「今までだって散々、教師らしくないことしてきてるやろ？　学校の外やったらエエんか？　同じやろ。」

〈片原盈〉は、嘲《あざけ》るように笑ってみせた。

〈吉田希美子〉は、それほど深刻に職業倫理というようなものを考えたことがなかった。けれども、この提案は、自分にとってどうしても受け容れ難いものであるように感じて、何時ものようにはすぐに同意しなかった。

「酷《ひど》くない？　そんな言い方、……」と辛うじて彼女は語を継いだ。

最近買ったのか、これまで見たことのない迷彩のリュック・サックの中を確認しながら、彼は、

「キレなや、そんなことで。まだ生理なんか？　何をそんなイライラしてんねん？　今まで通りやろ？」とせせら笑った。

〈吉田希美子〉は、口を噤《つぐ》んだ。車内は、二週間前のラブホテルの部屋のように、また静まり返った。

「……でも、絶対見つかるって。今、学校って警備が厳しいもん。うちの中学だってそうだし。……守衛さんもいるでしょう？　どうやってはいるの？」

「んなもん、簡単やて。オレ、ここの卒業生やからな、知り尽くしてんねん、この学校のこと。焼却炉の裏に、ゴミの回収業者がゴミ集めに来る入口があるし、あっこからはいったらエエねん。」

「母校なの？」

「そうや。ノスタルジーや、ノスタルジー。昔自分の遊んどったとこで、オマエが裸になっとったら、何か、めっちゃオモロイやろ？」

「……でも、……」

〈吉田希美子〉は、思い切って、ここで話してしまおうかと考えた。ネットの投稿サイトのことも、この前のプロポーズのことも、そして、二人のこれからのことも。ここで、――ここまででもう、みんな終わりにしてしまおうか。……

「わたし、……話があるんだけど、……」

そう言った瞬間、傍目《はため》にもはっきりと分かるほどに、〈片原盈〉の顔色が変わった。

「あとで聴いたるわ、あとで。」

彼は乱暴に遮った。

「ここまで来たんやし、グズグズ言うなや。見つかったら、堂々と、卒業生です言うたらエエねん。名簿にも残っとるんやし。それで問題ないやろ？　な？」と、彼は時計に目を遣《や》った。「今十一時やから、早《は》よせんと、給食の時間になるわ。」

そう言うと、ドアを開け、吸いかけの煙草を捨てて、彼女の返事も待たずに彼は外に出た。

起こってしまった出来事に、「もし」というのは不毛だが、この時「もし」、彼女が車から降りなければ、事件の成り行きは変わっていたかもしれない。が、この時の〈片原盈〉の様子から、それが彼女により良い結果を齎《もたら》していたかどうかは分からなかった。もっと悪い事態が訪れていた可能性は十分にあった。

〈片原盈〉は、助手席のドアに回り込むと、乱暴にそれを開け、中に座ったままの彼女の腕を取った。

「調子乗って、オレにあんまり逆らうなよ。言われた通りにせんと、オマエの写真、色んなところにバラ撒《ま》いたるど。」

〈吉田希美子〉は、怯《おび》えたようにその顔を見遣った。彼は、冗談とも本気ともつかぬような調子で、ニタッと笑ってみせた。

二人は、学校の周りを半周ほどして、校舎の裏手にある焼却炉を目指した。その間ずっと、〈片原盈〉は、〈吉田希美子〉の手首を強く摑《つか》んでいた。果たして、そこには不用心に開け放たれた金網の扉があり、周囲にも一切、人影はなかった。前述の如《ごと》く、事件後、〈片原盈〉は、この場所を予《あらかじ》め下見しておいたと供述している。

ここで彼は、ヴィデオ・カメラを手にし、彼女と二人で学校に侵入する場面を映像に収めた。

「ただ今、侵入しました。スリルとサスペンスです。」

そうしたナレーションに対して、〈吉田希美子〉は、ただ俯いたまま、左目が気になるのか、時々片眼で不自然な瞬《まばた》きを繰り返していた。

〈片原盈〉は、まず焼却炉の前で、彼女にセーターを捲《ま》くって胸を見せるように命じた。応じると今度は、一旦《いったん》ヴィデオを止め、デジタル・カメラでそれを撮影して、続けてスカートの下を見せるように言った。

彼女は乳房を露《あら》わにしたまま、言われた通りに、スカートの裾《すそ》を上げて、陰毛を曝《さら》した。この日は、朝から冷え込んで、風が冷たかったので、太腿《ふともも》の全体にサッと鳥肌が立ったのが分かった。

一刻も早くこの時間を終えたかったので、彼女は逆らわずに要求に従い続けた。逃げることは考えられなかった。写真を取り返す手立てを講じなければならない。が、それよりも、捕えられれば、何をされるか分からない気がした。

一頻《ひとしき》り写真を撮ると、彼は今度は場所を移動すると言い出した。

「もう、いいでしょう、……帰ろうよ。」

胸を隠しながら、彼女は懇願した。

「何やねん、ここまで来て。もうすぐ終わるし。ドキドキしてエエやんけ。何時もそうやったやろ?」

そう言うと、彼は彼女の手を引いて、体育館の横手を抜けて、運動場へと至る通路に差し掛かった。

体育館では、バスケット・ボールをしているらしい音が聞こえる。子供たちの声援が、館内に反響して、外まで溢《あふ》れ出している。声の質からすると、五六年生くらいであろうか？　床を打つ重たいボールの音が振動のように伝わってくる。通路の先には、運動場で二人一組でサッカーのパスの練習をしている子供たちが見える。こちらは恐らく三年生くらいである。

体育館の扉の前を急いで通り過ぎると、二人は運動場からは殆《ほとん》ど丸見えという場所にまで進んでいった。

「見えちゃうって、ここ、ダメだって。」

〈吉田希美子〉は、引き返そうとした。

「何してんねん！」

〈片原盈〉は、声を潜めつつ怒鳴りつけた。

「見えてもエエねん。卒業生なんやから。そんなんあたふたしてるから怪しまれるやろ？　ここ撮ったら帰るし、もう一遍、そこでオッパイ出せ。オラッ、……早く！　人が来るやろっ！」

彼女は、今にも泣き出しそうな顔で、セーターの前を上げた。大きな二つの乳房が、鈍重に揺れた。寒さで乳輪が硬く萎縮《いしゅく》している。

「そんな、恐い顔するなや。もっと楽しそうに笑えや？　笑顔が撮れたら終わるし。」

〈吉田希美子〉は、周囲を見渡しつつ、無理にも歯を見せた。

「エエで。スカート捲《ま》くって、毛ェ見せて。そう、エエで。おォ、めっちゃエエわ。じゃア、そこで四つん這《ば》いになって、ケツ出せ。……ホラッ、早く！」

その瞬間、背中で大きな物音がして、モニターの中の彼女の表情が変わった。「あっ！」という顔で、急いでセーターを下ろしたが、少しタイトなスカートは捲れたままだった。

「コラァッ！　何してんねんっ！」

ビクッとしたように、〈片原盈〉は後ろを振り返った。気がつけば、体育館の壁の下に空いた通風用の窓から、子供たちが二人の様子をじっと見つめていた。

中から出てきたのは、四十代後半のスポーツ刈りにした男性教師である。

「こんなとこで何しとんねん？　あんたら、誰やねん？」

教師は、〈吉田希美子〉と〈片原盈〉との顔を交互に見遣った。そして、女のスカートが捲れ上がって、陰毛が覗《のぞ》いているのを目にした。その視線に気がついて、彼女は急いでそれを元に戻した。動悸《どうき》で全身が崩れ落ちてしまいそうだった。到頭、これまで怺《こら》えていた涙が溢れ出した。その様子に、教師は彼女が無理矢理に連れて来られたことを察した。

彼は、咄嗟《とっさ》にカメラを肩にかけたリュック・サックの中に隠した、その不審な男に近づいた。

「何しとんねん、ここで？」

その怒号に、〈片原盈〉は気圧《けお》された。

「い、いや、……あの、卒業生なんです、私。」

辛うじてそう言うと、彼は、いかにも親しげに笑ってみせた。

「卒業生？」そう言うと、教師は侵入者を頭の天辺《てっぺん》から足の先まで睨《ね》め回して、

「で、卒業生が何してるんや、ここで？」と更に詰め寄った。

教師の怒号に驚いて、運動場からも二十代の男性教師が一人と四十代前半くらいの女性教師が一人、その場に様子を見に来た。

「どうしはったんですか、先生？」

二人は、彼らに包囲されてしまった。

最初の教師は、女性教師に向かって、

「先生、ちょっと、警察呼んで。携帯ある？」と尋ねた。

このいかにも教師同士らしい口調と遣り取りとが、〈吉田希美子〉を刺激した。

それは彼女自身が、普段、当たり前のように交わしている同じ世界の会話だった。

女性教師は、「はい、」と目を丸くして、慌《あわ》ててポケットをまさぐり始めた。

〈片原盈〉は、振り返ると、それを制止しようとして、

「いやいや、卒業生なんですよ、本当に。それで、ちょっと懐《なつ》かしくて、来てみただけなんです。」と言い、また最初の教師の方に向き直った。視線を戻す際、若い教師が既に身構えているのが目にはいった。〈吉田希美子〉は泣いていた。

「卒業生はええから、何してるんやって訊《き》いてんねん！　あ？　そのバッグん中、何や？」

そう言うと、教師は〈片原盈〉からバッグを取り上げようとした。〈片原盈〉は、それを乱暴に払い除《の》けると、

「触んなや！」と、急に声色を変えて険しい顔で言った。

その態度が、教師の顔を顰《しか》めさせた。

「何やねん？　何がはいっとんねん？　見せてみ？」

「何でもないわ。プライベートやしな、オレの。……触んなや！」

腕を捕まれると、到頭、〈片原盈〉は激昂《げっこう》した。そして、リュック・サックに手を突っ込むと、何かを探り当てて、引き抜くと同時に、中年の男性教師を血塗《ちまみ》れにした。手に握られていたのは、裸のまま、リュックの中に入れられていた刃渡り20㎝もあろうかというようなサヴァイヴァル・ナイフである。

「あっ！」

立ち位置から、最初にそれを認めたのは若い男性教師だった。次いで、〈吉田希美子〉と女性教師とがほぼ同時に悲鳴を上げた。

「ああ、……何すんねん！……」

白いポロシャツの下に福々しく膨らんだその腹から、血が流れ出していた。中年の男性教師は、それでも侵入者を取り押さえようと、恐るべき力でその腕を摑んだ。それに抗《あらが》い、〈片原盈〉は、今度は体ごとぶつかって、ナイフでその横腹を抉《えぐ》った。

「ああ、……ああ、痛い、痛い、痛い、……」

その場に彼が蹲《うずくま》ると、今度は「やめろっ！」と飛び掛かってきた若い男性教師の腕を刺し、警察に電話する女性教師を大袈裟《おおげさ》に切りつけた。そして、リュックを投げ捨て、サッと振り返ると、絶叫しながら〈吉田希美子〉に突進してきた。

「いやいやいやっ！　助けて！　お願いっ！　いやっ！」

彼女は泣きながら首を横に振って足をバタバタさせた。〈片原盈〉は、その腕を摑んだ。

「いやァ！　お願いお願い！　ごめんなさいっ！　いや！　本当にお願い！」

この時〈片原盈〉は、確かに一旦、彼女の前でナイフを振りかぶった。しかし、その顔を一瞬の間、凝視すると、そのまま突き飛ばして運動場へと駆け出した。

彼の眼前の世界は、砂煙を上げながら激しく揺れていた。

「逃げろォッ！　みんな逃げろォッ！」

一連の遣り取りを見ていた生徒たちは、若い教師の声に煽《あお》られて、泣き叫びながら散り散りに走り出した。体育館からも悲鳴が聞こえた。学校中に警報が鳴り響き、教室から、皆が身を乗り出した。四方八方に体操服姿の子供たちが見える。運動場の固い地面を蹴《け》る感覚が、〈片原盈〉に遠い昔の記憶を呼び覚ました。逃げ惑う子供たちの背中が、次第にかつての自分の姿と重なっていった。誰でも良かった。し

た。

　ふと視界の右手を、逃げ遅れた数人の少年たちが掠《かす》めた。〈片原盈〉は、そちらに向かい、息を切らして全力で走った。腕を伸ばし、まさに彼らに襲い掛かろうとした刹那《せつな》、背中に強い衝撃を感じ、彼はその場に薙《な》ぎ倒された。辛うじて、腕を刺された教師が追いついたのをきっかけに、職員室や教室から刺股《さすまた》を片手に飛び出してきた教師たちが、一斉にその場に駆けつけ、揉《も》み合い、侵入者を取り押さえた。そして、顔や腹を散々に蹴り上げ、踏みつけて罵声《ばせい》を浴びせ掛けた。

　砂が舞い上がる運動場を、絶叫する子供たちの足が遠ざかっていった。声だに発することが出来ず、両手で口を押さえたまま泣き続けていた〈吉田希美子〉は、そうして捕らえられた〈片原盈〉を認めた。そして、一層激しく泣き出すと、崩れるようにしてその場に蹲った。

　警報器とサイレンの音とが響き渡る秋晴れの空を見上げると、霞《かす》む視界の先に、またあの黒い影が浮かび上がった。滅茶苦茶に髪を掻《か》き毟《むし》って嗚咽《おえつ》を上げた。彼女の周囲にも人が駆けつけた。

「この女もかっ！　何？　誰やこれ？」

〈片原盈〉は、上着を破られ、ズボンが脱げ掛かったまま、地面に押しつけられて、その足だけを覗かせている。

「立てホラッ！　お前も一緒か！」

唾《つばき》と怒号が、〈吉田希美子〉にも降り注いだ。泣きながら、顔を覆《おお》ったまま動くことの出来ない彼女に、声は猶《なお》も執拗《しつよう》に問い続けた。

「……誰やねん？……あ？……お前は一体、誰なんや？……」

# 15 事件後

事件後の報道については、ここで改めて記述する必要もあるまい。事件直後の学校の模様を収めた映像が繰り返し放映され、学校責任者の記者会見、県警の発表、生徒たちへのインタヴュー、学校の危機管理体制についての有識者の見解といった通り一遍の報道がなされると、人々の関心は、犯人の男とその不可解な同行者である女とに絞られていった。これらは既に人の知るところである。

〈片原盈〉は、事件後一貫して実名で報道されている。〈吉田希美子〉は、二三の週刊誌が実名を公表したが、テレビや新聞では名前は伏せられていた。ウェブ上では早くから二人の身許《みもと》の詳細が語られ、氏名は言うに及ばず、勤務先、経歴、家族構成、出生地、現住所といったあらゆる情報が出回っていた。〈ミッキー&ミッチー〉の写真は勿論《もちろん》のこと、〈吉田希美子〉と〈片原盈〉の顔写真も、それと併せて流出した。

事件そのものは戦慄《せんりつ》すべきものであったはずだが、週刊誌記事の論調が何処《どこ》か戯画的であったのは、明らかに彼らの趣味の特殊さによるものである。電車の中吊《なかづ》り広告や新聞の五段広告欄には、「変態カップル」、「巨乳淫乱《いんらん》女教師」といった言葉が派手に躍った。加うるに、幸いにして死者が出なかったというのも大きかった。

最も傷が深かったのは、最初に刺された中年の教師である。彼は一ヶ月の入院の末、今はまた職場に復帰して、生徒に請《こ》われるとその傷を見せてやったりしている。〈片原盈〉は、まだ公判中であるが、刑務所であれ、病院であれ――その可能性は殆《ほとん》どないが――、彼が今度こそ、完全な社会との断絶を経験せねばならないことは間違いない。

〈吉田希美子〉も、公然猥褻《わいせつ》罪、不法侵入罪等の軽微犯罪には問われるであろうが、情状酌量の上、執行猶予《ゆうよ》が付くものと見られている。彼女が犯行の計画に一切関与していなかったことは、皮肉にも事件前に彼女のアパートで撮影されたヴィデオ・テープの中の会話が証明してくれた。とは言え、教員を続けることは、勿論もう出来ない。

事件後、〈吉田希美子〉のかつての勤務先では、職員室でも教室でもこの話題で持ちきりだった。まさかあの先生が、というのが、皆の共通した驚きだった。

男子生徒たちは、小学校侵入事件よりも、当然、彼女の露出癖の方に関心を持った。たちまち、ウェブ上の彼女と覚しきあらゆる画像が収集され、メールに乗って方々を行き交った。中には、大阪城で撮影された件《くだん》のDVDを入手したお手柄の生徒もいて、これもまた次々とコピーされ、遣《や》り取りされた。

生徒たちの反応は、次のようなものだった。

「こいつ昨日、吉田のDVDで一発抜いたんやって！」

「マジで？　アホか、お前？」

「だって、」と、プリント・アウトされた画像をペラペラさせながら、「これやろ？　オェッ！」

「あんな顔で脱ぐなっちゅうねん！」

「どうせなら、数学の北山やったら良かったのに。」

「探したらまた出て来るんとちゃう？」

「一緒やって。どうせ、顔見えへんし。」

少年たちは、印刷された画像の束を順を追って穴が空くほど眺めた。一番多く出回ったものは、琵琶湖畔で撮られた例の写真である。四つん這《ば》いで、性器と肛門《こうもん》とにバイブレーターを挿し込まれた〈吉田希美子〉が、こちらを振り返っている。局部のモザイクは、目が細かく殆どなきに等しいが、顔は完全に覆《おお》い隠されていた。それらを見ながら、ニヤニヤ笑って昼休みを過ごすのが習慣のようになっていたので、同じようにその写真を陰で回し見していたにも拘《かかわ》らず、女子たちからは、甚《いた》く軽蔑《けいべつ》されることとなった。

クラスで何時《いつ》も、気の利《き》いたことを言うと、一目置かれている少年は、これを機に、また面目を施さなければならないとずっと考えていた。或《あ》る時、自信作が出来たので、そうした昼休みの集まりにさりげなく首を突っ込んで、写真に目を遣った。そして、いかにも澄ました顔でこう言った。

「ま、『頭隠して尻《しり》隠さず』やな。」

しかし、これはどうも、あんまり当たり前過ぎるというので大した評判にはならなかった。

# 解説　セックスというパフォーマンス

都築響一

どこかの観覧車のカゴに、全裸のおばさんが座って、こちらを見つめている。股《また》をがっと開いて、そのあいだに立てかけた厚紙には「身体改造100回記念！」の文字が。おばさんの乳首にはぶっといリングが嵌《は》められて、たぶん厚紙に隠れた性器にも、たくさんリングがぶら下がっているのだろう。カゴの外はいい天気で、ほかのカゴからおばさんの全裸は丸見えなはずだが、まったくそれを気にするふうでもなく、媚《こ》びた笑いを浮かべるでもなく、ただまっすぐにカメラを見つめている。

次のカットでおばさんは海岸の岩場を、やっぱり全裸で歩かされている。背景には砂浜で遊ぶ人々がちらほら写っていて、こちらに目を向ければ、だれにでもおばさんの尻《しり》や背中が見えそうな距離だ。

さすがにビーチサンダルだけは履いて、岩場をこわごわ歩いているのだが、その股のあいだから奇妙な物体がぶら下がっている。よく見ると、それは性器ピアスから細い鎖でぶら下げられた、携帯用蚊取り線香だ。全裸で、股のあいだに円形の蚊取り線香ケースを性器からぶら下げて、煙をくゆらせながら、海岸べりを歩くおばさん。写真キャプションに彼女自身の言葉が添えられている――「露出に慣れている身とはいえ、蚊取り線香はさすがに恥ずかしかったのですが、おかげで蚊に刺されずにすみました……」。

こういう、どんな過激なパフォーマンス・アーティストもかなわないような、過激な一般人の生態(性態)が、素人《しろうと》写真投稿雑誌にはたくさん載っている。

つきあった初めのころは、せいぜい犬の首輪をさせたり、軽く身体《からだ》を縛って携帯電話のカメラで撮ったような〝ぬるい〟にゃんにゃん写真だったのが、その数ヶ月後には亀甲《きっこう》縛りみたいな高度なボンデージになったり、大股開きの中心部にバイブを2本突っ込んでるアップになる。さらに数ヶ月後、今度は自宅の庭や夜の公園とか、人気のない場所で〝屋外露出デビュー〟が掲載される。そのあとはデパートとか遊園地とか、人の多いところでの露出ゲームにエスカレートしたり、ハプニングバーやネット募集で集められた〝他人棒〟との複数プレイにハマっていったり。そうして最後は編集部に女性が乗り込み、編集者全員に輪姦《りんかん》してもらう様子が巻頭グラビアに載って、そのステージにまで達した記念として『公衆便所バッジ』なるものをいただく。それをつけていれば、いつどこでも、声をかけられた人間にセックスしてあげられる、選ばれしものの目印として。

現実に起きる悲惨な事件や不可解な出来事が、小説家の想像力を追い越してしまったのがいつごろかはわからないが、いまこうして、そこらの本屋で普通に売っている投稿雑誌を見ていると、日本という国で起きている性の現実は、ポルノグラフィ作家の想像力をも、とうに追い越してしまっているのだと感心しないわけにいかない。

毎月、数万人の読者に恥ずかしい姿をさらしている女性たちは、もちろん無理強いされて写真を撮られているわけでもなければ、カネでモデルに雇われているわけでもない。撮影者であるご主人様と、被写体である露出奴隷《どれい》のあいだを結ぶもの。それはそこいらの仲良しカップルから、はるか遠くの高みにある深い信頼感、あるいは共犯者意識なのだろう。

下品なエロ雑誌のころもをかぶった、極限の愛のかたち。しかし露出姿をさらされる女性たちは、たるんだ身体のおばさんから、こんなかわいい女の子が……と絶句するような女子学生まで幅広いが、ときたま画面に現れる相手役の男性のほうは、例外なく中年で、例外なくたるんだ身体で、例外なくかっこわるい。しかも女性のほうは〝極細目線〟や〝目線なし素顔公開〟といったリスクを背負っての登場が珍しくないのに、男性は決して顔を見せようとしない。情けない。

ビザールなセックスというと、人は「大金持ちの成功者が、若い美女をむりやり引きずり込んでヒイヒイ言わせる」みたいな図をなんとなく思い浮かべるのだろうが、現実は正反対だ。世の中的には負け組に属するような外見の中年男どもが、そこいらのおばさんや少女たちと、いちばん過激なプレイを満喫している。ふつうの男と、ふつうの女がのめりこむ、ふつうからいちばん遠い、極限の性愛図。それは旧態依然たるポルノグラフィの枠をはるかに超えて、自由で、ケダモノじみて、美しく、そして滑稽《こっけい》だ。平野さんの小説に登場するカップルはミッキーとミッチーだが、いま僕の手元にある人気投稿雑誌『ニャン2倶楽部《クラブ》Z』に掲載されているカップルといえば、〃Ⓟシャララ&まーた〃（Ⓟが撮影者、以下同）、〃Ⓟウッドペッカー&妻〃、〃Ⓟあんちょろぱ&ちゃい〃、〃Ⓟのぶたん&ローズマリー〃、〃ⓅZoikhem&Choye〃、〃Ⓟカイカン部族&詩織〃などなど、場末のスナックを上回る理解不能なネーミングの常連投稿者たちが、過激なワザを競いあっている。

オスとメスとが向かいあい、性交するという単純なはずの営みが、いったいなぜここまで複雑に変異してしまったのだろう。カメラや、印刷物やインターネットというメディアの存在が、それにどれだけ寄与しているのだろう。

メディアという武器を手に入れることによって、つがいのオスとメスは、アートならぬセックスというコンセプト上で踊るパフォーマンス・アーティストへと変化《へんげ》した。実際にプレイするのはふたりでも、カメラの向こう側にいる観客や読者を巻き込んだ、それはヴァーチャルな乱交でもある。

投稿雑誌で見かける乱交プレイには、夫が妻を複数の男たちに犯させて、自分はそれを見物するというケースがよくある。無数の手や口や男根におもちゃにされる最愛の妻の姿を見て、夫は〃嫉妬勃起《しっとぼっき》〃というのがお決まりのパターンだが、快感に身もだえする妻に、すでに夫の姿は見えていない。男女複数プレイの場合でも、男は何人もの女にのしかかることはできても、つねに〃ほかの男に抱かれてる妻〃を意識せずにはいられないのだという。乱交が進むほど、女の意識は拡散していくが、男の意識は集中していくものなのかもしれない。それが実際のプレイであれ、ヴァーチャルなものであれ。

投稿雑誌という印刷物はオールドスタイルのメディアだが、露出投稿を可能にしたのは、というかここまでのレベルに引き上げたのは、デジカメのおかげだ。現像所に拒否される危険なしに、撮りたいものを撮りたいだけ撮れて、それをすぐに送信できるというテクノロジーが、雑誌をいわば「印刷されたウェブサイト」に変えたのだと言うこともできる。

こうしたテクノロジーと性欲とが二人三脚で作り上げた新種の欲望宇宙に無縁な方々は、平野さんの小説に描かれているミッキーとミッチーの世界が、ひどく奇異に映るかもしれない。でもこれは、まぎれもない現実だ。それも、そう珍しくない。

単純素朴だったはずの僕らの愛は、テクノロジーという怪物によって、これからどんな深みに連れて行かれるのだろう。平野啓一郎さんは、そういう、どこまで行ってしまうのかわからない旅の、勇気ある先遣隊長なのかもしれない。

（平成二十年六月、ライター・編集者）

この作品は平成十八年三月新潮社より刊行された。

平野啓一郎著
**葬送**
第一部（上・下）

ロマン主義全盛十九世紀中葉のパリ社交界を舞台に繰り広げられる愛憎劇。ドラクロワとショパンの交流を軸に芸術の時代を描く巨編。

平野啓一郎著
**葬送**
第二部（上・下）

二月革命が勃発した。七月王政の終焉、共和国の誕生。不安におののく貴族、活気づく民衆。時代の大きなうねりを描く雄編第二部。

平野啓一郎著
**透明な迷宮**

異国の深夜、監禁下で「愛」を強いられた男女の数奇な運命を辿る表題作を始め、孤独な現代人の悲喜劇を官能的に描く傑作短編集。

平野啓一郎著
**日蝕・一月物語**
芥川賞受賞

崩れゆく中世世界を貫く異界の光。著者23歳の衝撃処女作と、青年詩人と運命の女の聖悲劇。文学の新時代を拓いた2編を一冊に！

平野啓一郎著
**決壊**
（上・下）
芸術選奨文部科学大臣新人賞受賞

全国で犯行声明付きのバラバラ遺体が発見された。犯人は「悪魔」。'00年代日本の悪と赦しを問うデビュー十年、著者渾身の衝撃作！

大江健三郎著
**死者の奢り・飼育**
芥川賞受賞

黒人兵と寒村の子供たちとの惨劇を描く「飼育」等6編。豊饒なイメージを駆使して、閉ざされた状況下の生を追究した初期作品集。

大江健三郎著
**同時代ゲーム**

四国の山奥に創建された《村＝国家＝小宇宙》が、大日本帝国と全面戦争に突入した!? 特異な構想力が産んだ現代文学の収穫。

大江健三郎著
**われらの時代**

遍在する自殺の機会に見張られながら生きてゆかざるをえない〝われらの時代〟。若者の性を通して閉塞状況の打破を模索した野心作。

瀬戸内寂聴著
**夏の終り**
女流文学賞受賞

妻子ある男との生活に疲れ果て、年下の男との激しい愛欲にも充たされぬ女……女の業を新鮮な感覚と大胆な手法で描き出す連作5編。

瀬戸内寂聴著
**爛**

この躰《からだ》は、いつまで「女」がうずくのか——。八十歳を目前に親友が自殺した。人形作家の眸《ひとみ》は、愛欲に生きた彼女の人生を振り返る。

筒井康隆著
**狂気の沙汰も金次第**

独自のアイディアと乾いた笑いで、狂気と幻想に満ちたユニークな世界を創造する著者のエッセイ集。すべて山藤章二のイラスト入り。

筒井康隆著
**おれに関する噂**

テレビが突然、おれのことを喋りはじめた。そして新聞が、週刊誌がおれの噂を書き立てる。黒い笑いと恐怖が狂気の世界へ誘う11編。

筒井康隆著

**夢の木坂分岐点**

谷崎潤一郎賞受賞

サラリーマンか作家か？　夢と虚構と現実を自在に流転し、一人の人間に与えられた、ありうべき幾つもの生を重層的に描いた話題作。

古井由吉著

**杳《よう》子《こ》・妻《つま》隠《ごみ》**

芥川賞受賞

神経を病む女子大生との山中での異様な出会いに始まる斬新な愛の物語「杳子」。若い夫婦の日常を通し生の深い感覚に分け入る「妻隠」。

古井由吉著

**辻**

生と死、自我と時空、あらゆる境を飛び越えて、古井文学がたどり着いたひとつの極点。濃密にして甘美な十二の連作短篇集。

堀江敏幸著

**いつか王子駅で**

古書、童話、名馬たちの記憶……路面電車が走る町の日常のなかで、静かに息づく愛すべき心象を芥川・川端賞作家が描く傑作長篇。

堀江敏幸著

**雪沼とその周辺**

川端康成文学賞・谷崎潤一郎賞受賞

小さなレコード店や製函工場で、旧式の道具と血を通わせながら生きる雪沼の人々。静かな筆致で人生の甘苦を照らす傑作短編集。

堀江敏幸著

**河岸忘日抄**

読売文学賞受賞

ためらいつづけることの、何という贅沢！　異国の繋留船を仮寓として、本を読み、古いレコードに耳を澄ます日々の豊かさを描く。

堀江敏幸著
おぱらばん
三島由紀夫賞受賞
マイノリティが暮らす郊外での日々と、忘れられた小説への愛惜をゆるやかにむすぶ、新しいエッセイ／純文学のかたち。

池澤夏樹著
マシアス・ギリの失脚
谷崎潤一郎賞受賞
のどかな南洋の島国の独裁者を、島人たちの噂でも巫女の霊力でもない不思議な力が包み込む。物語に浸る楽しみに満ちた傑作長編。

池澤夏樹著
ハワイイ紀行【完全版】
JTB紀行文学大賞受賞
南国の楽園として知られる島々の素顔を、綿密な取材を通し綴る。ハワイイを本当に知りたい人、必読の書。文庫化に際し2章を追加。

池澤夏樹著
きみのためのバラ
未知への憧れと絆を信じる人だけに訪れる、一瞬の奇跡の輝き。沖縄、バリ、ヘルシンキ。深々とした余韻に心を放つ8つの場所の物語。

伊坂幸太郎著
オーデュボンの祈り
卓越したイメージ喚起力、洒脱な会話、気の利いた警句、抑えようのない才気がほとばしる！　伝説のデビュー作、待望の文庫化！

伊坂幸太郎著
ラッシュライフ
未来を決めるのは、神の恩寵か、偶然の連鎖か。リンクして並走する4つの人生にバラバラ死体が乱入。巧緻な騙し絵のごとき物語。

高樹のぶ子著
光抱く友よ
芥川賞受賞
奔放な不良少女との出会いを通して、初めて人生の「闇」に触れた17歳の女子高生の揺れ動く心を清冽な筆で描く芥川賞受賞作ほか2編。

中村文則著
土の中の子供
芥川賞受賞
親から捨てられ、殴る蹴るの暴行を受け続けた少年。彼の脳裏には土に埋められた記憶が焼き付いていた。新世代の芥川賞受賞作！

中村文則著
遮光
野間文芸新人賞受賞
黒ビニールに包まれた謎の瓶。私は「恋人」と片時も離れたくはなかった。純愛か、狂気か？　芥川賞・大江賞受賞作家の衝撃の物語。

中村文則著
悪意の手記
いつまでもこの腕に絡みつく人を殺した感触。人はなぜ人を殺してはいけないのか。若き芥川賞・大江賞受賞作家が挑む衝撃の問題作。

中村文則著
迷宮
密室状態の家で両親と兄が殺され、小学生の少女だけが生き残った。迷宮入りした事件の狂気に搦め取られる人間を描く衝撃の長編。

乃南アサ著
5年目の魔女
魔性を秘めたOL、貴世美。彼女を抱いた男は人生を狂わせ、彼女に関わった女は……。女という性の深い闇を抉る長編サスペンス。

# 顔《かお》のない裸体《らたい》たち

新潮文庫　ひ－18－8

平成二十年八月一日発行
令和二年一月十日三刷

著者　平《ひら》野《の》啓《けい》一《いち》郎《ろう》

発行者　佐藤隆信

発行所　株式会社 新潮社

郵便番号　一六二―八七一一
東京都新宿区矢来町七一
電話 編集部(〇三)三二六六―五四四〇
読者係(〇三)三二六六―五一一一
http://www.shinchosha.co.jp

価格はカバーに表示してあります。
乱丁・落丁本は、ご面倒ですが小社読者係宛ご送付ください。送料小社負担にてお取替えいたします。

印刷・大日本印刷株式会社　製本・株式会社植木製本所



ISBN978-4-10-129038-6 C0193